書下ろし

なごり月

便り屋お葉日月抄③

今井絵美子

祥伝社文庫

目次

向島
長命寺
浅草寺
雷門
不忍池
湯島天神
下谷広小路
蔵前
本所
北中之橋
本所長崎町
神田川
柳橋
両国広小路
大川（隅田川）
葭町
「山源」
北町奉行所
八丁堀
永代橋
深川
鉄砲洲
北
西
東
南

「なごり月」の舞台

千駄木
小石川養生所
小石川御門
半蔵御門
赤坂御門
増上寺
品川
深川
竪川
松井町
六間堀
南六間堀町
万年橋
高橋
南森下町
小名木川
新高橋
扇橋
海辺大工町
便利堂
佐賀町
伊勢崎町
本誓寺
霊巌寺
浄心寺
松永橋
伊沢町
永代橋
奥川町
海辺橋
富岡橋
仙台堀
冬木町
熊井町
黒江町
日々堂
富岡八幡宮
蛤町
入船町

あ・い・た・い

文月《ふづき》（七月）に入ると、深川黒江町《ふかがわくろえちょう》から門前仲町《もんぜんなかちょう》にかけて、家々の軒先《のきさき》に盆提灯《ぼんぢょうちん》が掲《かか》げられ、通りでは、早々と苧殻《おがら》売りや精霊棚《しょうりょうだな》に使う竹売りなどが、呼び声も高く行き交《か》うようになる。

「ところで、おはま、うちの盆仕度《じたく》は済んだのかえ？」

朝餉《あさげ》の後、お葉《よう》が思い出したかのように、食後の茶を淹《い》れに来たおはまに訊《たず》ねる。

「ええ、おせいが何事もそつなくやってくれましてね。あの娘《こ》が来てくれて、ホント、助かりましたよ。あたしがいちいち言わなくても、まるで痒《かゆ》いところに手が届くように動いてくれるんですもの……」

「そうだろう？　うちみたいに年中三界暇《ねんじゅうさんがいひま》なしの便り屋では、おせいが来てくれただけで百人力だ。ことに、現在《いま》は、おてるを米倉《よねくら》にやっちまった後で、それでなくても勝手方は人手が足りないんだからさ。それに、藪入《やぶい》りには勝手方からも何人か里帰りをしたいという者が出るだろうしさ」

お葉がそう言うと、おはまが気を兼ねたように、ちらと上目《うわめ》にお葉を見る。

「なんだえ?」

お葉が湯呑《ゆのみ》を口に運びかけ、手を止める。

「ええ、それが……。実は、猫の手も借りたいほどの忙しいときに、半日暇をくれと言うのも気が退《ひ》けるんだけど、墓詣《はかまい》りをさせてもらえないだろうかと思ってさ……」

「墓詣り?」

お葉が訝《いぶか》しそうな顔をする。

お葉が日々堂《にちにちどう》に入って、二年半……。

盆を迎えるのもこれで三回目となるのだが、これまで、おはまの口から墓詣りという言葉が出たことはなかった。

が、考えてみれば、当然、おはまにも親兄弟がいるのである。

「えっ、ああ、構わないさ。行っといで! で、おまえの実家《さと》はどこだったたっけ……」

おはまはますます困《こう》じ果てたような顔をして、助け船を求めるかのように、宰領《さいりよう》の正蔵《しようぞう》に目をやった。

正蔵が改まったように咳《しわぶき》を打ち、湯呑を箱膳《はこぜん》に戻す。

「こいつの実家は備中《びっちゅう》でやすが、聞くところによると、海とんぼ（漁師）をやっていた双親《ふたおや》はとっくの昔に亡くなって、墓らしきものもねえといいやすからね……。いえね、こいつが言ってるのは、彫鉄《ほりてつ》の墓のことでしてね」

彫鉄という言葉に、お葉の胸がきやりと揺《ゆ》れた。

すると、おはまは自分と子を捨て惚《ほ》れた女《おな》ごと逃げた、元亭主の墓に詣りたいと言っているのだろうか……。

「女将《おかみ》さん、そんな顔をしねえで下せえ。いえね、俺もこいつに墓詣りをしてェが、どう思うかと相談されたときにゃ、いささか、戸惑《とまど》っちまったが、考えてみると、奴《やっこ》さんが死んで、今年で十六年だ。いくら女ごと手に手を取り合って死んだ憎《にっく》き野郎といっても、おちょうには実の父親《ておや》だし、むしろ、今まで一度も弔《とむら》ってやらなかったことのほうがおかしいんでよ……。俺《おり》ャ、女将さんの許しさえ出れば、詣ってやんなと言ったんだ。いけやせんか？」

正蔵が食い入るように、お葉を見る。

「なんだえ、そういうことなのかえ。いいに決まってるじゃないか！　じゃ、彫鉄の墓がどこにあるのか知ってるんだね？」

そう言うと、正蔵とおはまがさっと顔を見合わせた。

「いえね、今までは知っちゃいなかったんですよ。というか、知ろうとしなかった……。あたしとおちょうを捨て、女郎《じょろう》と逃げた男ですからね。ただただ憎いばかりで、友七親分《ともしち》から死期の迫った女ごと最期《さいご》まで運命を共にしようと、あの男が大川《おおかわ》に入水《じゅすい》したと聞いたときも、あたしゃ、女ごに完璧《かんぺき》に負けたと自分の不憫《ふびん》さを嘆《なげ》いただけで、彫鉄の死後のことなんて、微塵芥子《みじんけし》ほども思っていなかった……」

おはまが眉根《まゆね》を寄せる。

「だから、あの男がどこで眠っているかなんて知らなかったんですよ。けど、角造《かくぞう》のことがあり、彫鉄の弟子というのが北森下町《きたもりしたちょう》の裏店《うらだな》にいると判《わか》ったもんだから、その男なら、彫鉄がどこに葬《ほうむ》られたか知ってるんじゃなかろうかと思い、亭主に訪ねてもらったんですよ。ねえ、おまえさん、そうだったよね？」

正蔵が頷《うなず》く。

「その男が彫鉄の名前《なめえ》を継《つ》いだ二代目でやしてね。可哀相《かええそう》に、胸を病《や》んで、明日をも知れねえ身体《からだ》となっていやしたが、そいつが言うには、彫師《ほりし》として超一流の腕を持った彫鉄でもあるし、自分がその名前を引き継ぐからには粗末には扱えねえと思い、箕輪《みのわ》の真正寺《しんしょうじ》という寺に手厚く葬ったとか……。奴さん、おはまが彫鉄の捨てた女房だと知ると、涙を流して、彫鉄から煮《に》え湯を飲まされたというのに、よくぞ、墓に詣ろうという気持になってくれた、自分はこんな余命幾《いく》ばくもねえ身体になってしまい、気にはしていても墓に詣ることが出来ねえ、今年は彫鉄の十七回忌に当たるので、どうか、供養してやってくれ……、とこう言いやしてね。その言葉で、まだ少し迷いのあった俺の腹も決まりやした。それで、是非にでも墓詣りをするように、とおはまに言ってやったんで……」

「すると、角造がおちょうを誑《たぶら》かそうと思って吐《つ》いた万八《まんぱち》（嘘《うそ》）が、逆に、役に立ったということなんだね？」

「そういうことになりやすね。が、考えてみると、物事にはなんでも意味がある……。案外、神仏が角造を使って、おはまやおちょうに彫鉄のことを思い出させようとしたのかもしれやせんからね」

正蔵が仕こなし顔に言う。

「そうかもしれないね。けど、そういうことなら、おはま、墓に詣るだけでなく、寺に頼んで、十七回忌の法要を済ませて来るんだね。そうだ、正蔵、おまえも行くといいよ」

「いや、あっしは……。女将さん、それはいけやせん！　この糞《くそ》忙しい最中《さなか》に、あっしまでが見世《みせ》を空《あ》けたんじゃ、便り屋日々堂は廻《まわ》っていきやせん。それに、女将さん、旦那《だんな》の三回忌が迫っているのを忘れちゃいけやせんぜ」

おお、そうだった……。

甚三郎《じんざぶろう》が亡くなったのは、二年前の八朔《はっさく》（八月一日）……。

つい先日、本誓寺《ほんせいじ》の住持《じゅうじ》と法要の打ち合わせをしてきたばかりである。

「早いものだな。甚三郎どのが亡くなられて、丸二年か……。てことは、お葉さんが日々堂の女主人《おんなあるじ》になられて、丸二年ってことになるな。道理で、此《こ》の中《じゅう》、頓《とみ》に風格が出てきたと思ったよ。なっ、清太郎《せいたろう》、おまえもそう思うだろう？」

それまで黙ってお葉たちの会話を聞いていた戸田龍之介《とだりゅうのすけ》が、ひょうらかした（からかう）ように、槍《やり》を入れてくる。

「うん。おっかさん、怒ると怖《こえ》ェもんな！」

間髪《かんはつ》を容《い》れず、清太郎も戯《ふざ》けて尻馬《しりうま》に乗ってくる。

「なんだえ、戸田さまも清太郎も！　それじゃ、まるで、あたしが業突《ごうつ》く婆《ばばあ》みたいじゃないか。ああ、よいてや！　日々堂や清太郎のためになら、あたしゃ、鬼にも蛇《じゃ》にもなってみせるからさ。覚悟しとくんだね！」

お葉が清太郎を引き寄せ、こちょこちょっと脇腹を擽《くすぐ》る。

清太郎はキャッキャッと身体を捩《よじ》り、笑い声を上げた。

「じゃ、旦那の三回忌は藪入りが終わった十八日だから、早めに盆仕度を調《ととの》え、あたしは十二日に詣らせてもらっても構いませんか?」

おはまがお葉を窺《うかが》う。

「ああ、それでいいよ。けど、おちょうには?」

いえ……、と再びおはまと正蔵が顔を見合わせる。

「それが、おちょうったら、自分とおっかさんを捨てた男の墓になんか絶対に詣らない、おとっつァんは正蔵おとっつァんだけなのだからと言い張って……。もう一度、説得してみるつもりですけどね」

おはまが苦々《にがにが》しそうに顔を歪《ゆが》める。

「いえね、あいつは俺に気兼《きが》ねをしてるんですよ。気を兼ねることなんてねえ、むしろ、俺はおめえが彫鉄の墓に手を合わせてくれるほうが嬉《うれ》しいんだからよ、どんなことがあろうと、俺とおめえの関係は揺るぎねえ、それに、彫鉄がおめえのおとっつァんだという事実は覆《くつがえ》せねえことだからよ、彫鉄がいなければ、おめえはこの世に生まれちゃ来なかったんだ、とそう言ってやったんだが、おちょうの奴、意地になっちまって、首を縦《たて》に振ろうとしねえ……」

正蔵がふうと太息《ふといき》を吐く。

「無理もありませんよ。だって、ついこの間まで、おちょうちゃんは生みの父親は病死したとばかり思っていたんだもんな。確かに、亡くなったことに変わりはないのだが、他の女ごと……」

龍之介は言いさし、傍《そば》に清太郎がいるのを憚《はばか》ったのか、口を噤《つぐ》んだ。

「あい解《わか》った！　じゃ、あたしが一度おちょうと話してみるよ。いいね？　それで……」

お葉が鉄火《てっか》に言い切ると、おはまはやれやれと眉を開いた。

「さっ、そうと決まったからには、この話はお終《しま》いだ。さあ、今日も、一日始まるよ！　皆、精を出して働いておくれ」

お葉はポポンと手を打った。

「じゃ、俺もそろそろ出掛けるとしようか」

龍之介が立ち上がる。

「おや、今日は道場の日だったかしら？」

お葉は怪訝《けげん》な顔をした。

というのは、龍之介が川添《かわぞえ》道場で師範代の代行を務《つと》めるのは、一日置きと聞いていたからである。

それも、大概《たいがい》、道場に出掛けるのは昼餉《ひるげ》を済ませた午後からとなり、お葉の記憶では、確か、龍之介は昨日も松井町《まついちょう》に出掛けたと思うので、今日は清太郎に剣術の稽《けい》古《こ》をつけ、その後、代書に勤《いそ》しむはずである。

「いや、道場に行くのではない。今日は、七夕《たなばた》だろ？　つまり、七月七日。毎年、この日は裏店の井戸浚《いどさら》いをするのが恒例でね」

「裏店の井戸浚いとは……。だって、戸田さまは現在《いま》はもう……」

「ああ、確かに、現在《いま》はもう奥川町《おくがわちょう》の住人ではない。だが、考えてもみな？　俺はあの裏店にはずいぶん永いこと世話になったんだ。裏店の連中が総出で井戸を浚うというのに、知らん顔は出来ないからよ。人手は多いに越したことはない」

「まあ、人の善《よ》いことを！　戸田さまったら、蛤町《はまぐりちょう》の仕舞《しも》た屋に移って二月《ふたつき》が経《た》とうというのに、未《いま》だに、裏店住まいの気持でいなさるんだもの。何かと言えば家を空けて、あっちをちょろちょろ、こっちをちょろちょろ……。そんなに仕舞た屋の居心地が悪いのですか？」

「いや、そういうわけでは……。ただ、今まで四畳半一間の裏店にいた俺には、あの家は広すぎてよ」

「だから、うちの連中を一階に住まわせることにしたんじゃないですか！　友造《ともぞう》、六助《ろくすけ》、与一《よいち》、佐之助《さのすけ》を一階に、戸田さまには二階を自由に使ってもらうようにしたのが、そんなにお気に召さないとは……」

お葉が不服そうに眉根を寄せる。

龍之介が友七親分の女房お文《ぶん》の営《いとな》む古手屋《ふるてや》の隣《となり》に引っ越したのは、卯月《うづき》（四月）も終わりに差しかかろうとするときだった。

それまで住んでいた奥川町の裏店一帯に流行風邪《はやりかぜ》が蔓延《まんえん》し、数多くの死者を出したのだが、そのとき、おてるは父親《てておや》と下の弟を失っている。

幸い、龍之介やおてるのすぐ下の弟良作《りょうさく》、おてるも無事だったのだが、路頭に迷うことになったおてる姉弟《きょうだい》に、お葉が救いの手を差し伸べたのだった。

おてるの母親は、病の亭主の薬料《やくりょう》を捻出《ねんしゅつ》するために、品川遊里《しながわゆうり》に飯盛女《めしもりおんな》として売られていき、聞くところによると、数ヶ月前に他界したという。

足抜けしようとして捕まり、折檻《せっかん》された末、自害したのである。

遺《のこ》されたのは、年端《としは》のいかない、おてると良作のただ二人……。

良作はまだ十歳だが、大柄でがっしりとした体軀《たいく》をしており、現在《いま》から小僧として使えば、六、七年もすれば、いっぱしの町小使《まちこづかい》（飛脚）となるに違いない。

そう思い、良作を小僧に雇い入れ、勝手方にいるおてると寝食を共に出来るようにとお葉が一計を案じたのだが、そのおてるも、現在《いま》では、葉茶屋《はぢゃや》問屋米倉の内儀お町《まち》に請《こ》われて、お側《そば》となっている。

お町は三歳で水死した一人娘お冴《さえ》の面影《おもかげ》を、どうやら、おてるの中に見出《みいだ》そうとしているようなのである。

いずれ、おてるは米倉の養女に直されるのではなかろうか……。

お葉は内心そうなることを願っていた。

仮に、そんなことになるようなら、良作は日々堂が責任を持ち、一人前の町小使に仕立て上げてやればよい。

そうして、戸田龍之介……。

流行風邪で奥川町の裏店が封鎖された折、お葉も何度か炊《た》き出しを運んだが、そこで目にした裏店の有様《ありさま》……。

お葉は路次口《ろじぐち》まで脚《あし》を踏み入れ、呆然《ぼうぜん》と立ち尽くした。

下水の溝板《どぶいた》が剝《は》がれ、通路にまで溢《あふ》れ出た汚水に、思わず顔を背《そむ》けたくなるほどの悪臭……。

こんなところに龍之介を置いてはならない……。

お葉は固く心に決めた。

それで、たまたま蛤町に空き家があるのを見つけるや、すぐさま日々堂で借り受けたのである。

一階に六畳間が二つと、四畳半に厨《くりや》、そして、二階に六畳と三畳の部屋のある二階家で、何より、お文の古手屋の隣というのが気に入った。

ところが、無理矢理、龍之介を仕舞た屋に引っ越させたのはいいが、龍之介からは不平たらたら……。

広すぎて、落着かないというのである。

しかも、これまで、中食《ちゅうじき》だけを日々堂で摂《と》っていた龍之介に、蛤町は目と鼻の先だからという理由で、朝餉も夕餉《ゆうげ》もここで摂ってはどうかと勧めたところ、それではいかになんでも虫が良すぎる、自分は居候《いそうろう》ではないのだからと固辞する始末……。

が、そうはいっても、裏店と違い、たった独《ひと》りの仕舞た屋で、自炊《じすい》をするのは侘《わび》しかったようである。

それで、朝餉だけは店衆《たなし》と一緒に日々堂で摂るようになったのだが、どうやら、夕餉は道場仲間と外で食べているらしい。

だが、龍之介の収入源は日々堂の代筆のみで、そんなことを続けていたのでは、店賃《たなちん》は日々堂が払うにしても、たちまち、立行《たちいき》していけなくなるだろう。

「戸田さま、うちに気を兼ねることなんてないんですよ。戸田さまには清太郎の面倒を見てもらってるんだもの、大きな顔をして、のさばっていればいいんですよ。けど、そんなに戸田さまがあの仕舞た屋を一人で使うことに気兼ねをなさるのなら、ようござんす! 仕舞た屋を借りるときから思ってたんだが、もう迷うのは止《よ》した! 二階に、うちの男衆《おとこし》を住まわせることにするよ。戸田さまには二階を使っていただき、朝、男衆と共にここにやって来て、皆で一緒に朝餉を摂ればいいんだからさ。ねっ、それなら、気を兼ねることはないでしょう?」

お葉はなぜ早く決断しなかったのだろうと思いながらも、そう提案した。

悦《よろこ》んだのは、見世の若い衆である。

何しろ、これまで見世の二階を男部屋、女部屋とに分け、鮨詰《すしづめ》状態に押し込まれていたのであるから、古くからいる友造たちは大悦びであった。

が、肝心《かんじん》の龍之介が悦んでいるのかどうか、今ひとつ解らない。

「女将さんの気扱《きあつかい》には痛み入ります」

龍之介は言葉ではそう言うのだが、友造たちの話では、龍之介が帰宅するのは大概が四ツ（午後十時）を過ぎていて、朝は他の男衆と共に見世に出るので、蛤町の仕舞た屋にいるのは、まさに眠るときだけだという。

「そんなに居心地が悪いかえ？」

あるとき、お葉がそう訊ねると、龍之介はバツが悪そうに月代《さかやき》を掻《か》いた。

「弱ったなァ、女将さんに俺の行動が筒抜けとは……。なに、俺はちっとも変わっちゃいないさ。奥川町にいたときから、こんなものでね」

そう言われれば、そうなのかもしれない。

が、お葉にしてみれば、良かれと思ってしたことなのに、どこかしら気懸《きが》かりで、また不満でもあった。

そんなに、あの裏店が恋しいのかしらん……。

お葉には、旗本千五百石鷹匠《こくたかじょう》支配の次男坊に生まれた龍之介と、あの雨漏《あまも》りのするうらぶれた裏店が、どうしても結びつかない。

お葉はきっと唇を結ぶと、龍之介を睨《ね》めつけた。

「そりゃね、永い間世話になったからと、戸田さまが裏店の井戸浚《す》いを助けようって気持は解りますよ。そこが、戸田さまの善いところなんだからさ……。けど、清太郎たちの七夕祭はどうするつもりですか？　石鍋《いしなべ》の敬吾《けいご》さんもそろそろ来る頃だし、今日は、おてるも米倉から暇を貰《もら》って、半日ここで子供たちと遊ぶことになっているんですよ」

龍之介はにたりと頰《ほお》を弛《ゆる》めた。

「ああ、忘れていないぜ。なに、井戸浚いなんて昼までには終わる。中食までには帰って来るから、子供たちが書いた短冊《たんざく》を笹竹につけてやるよ」

龍之介はつるりとした顔で答え、そそくさと茶の間を出て行った。

「あっ、いいんだ！　おいらも先生と一緒に井戸浚いをしてェ。ねっ、一緒に行ってもいいだろう？」

清太郎がお葉の袂《たもと》をゆさゆさと揺すり、甘えた声を出す。

「もうすぐ敬吾さんが来るじゃないか。それにね、何もわざわざ奥川町まで行かなくても、もう少ししたら、うちの井戸を男衆が浚うからさ、おまえはそれを見物していればいいんだよ。まったく、もう！　戸田さまも戸田さまだ。世話になったからって裏店の井戸浚《す》いを助けるくらいなら、うちの井戸浚いも助けたっていいじゃないか……」

お葉は独りごち、あっと頬に紅葉《もみじ》を散らした。

これでは、まるで、奥川町の裏店に肝精《きもせい》（焼き餅《もち》）を焼いているようではないか……。

お葉は忸怩《じくじ》とした想《おも》いを清太郎に悟《さと》られまいと、わざと明るい声を上げた。

「さあ、七夕のご馳走《ちそう》は何がいいかな？　おはまおばちゃんが鯛素麺《たいそうめん》を作ると言ってたけど、清太郎、食べたい物があれば注文するといいよ。今宵《こよい》は、敬吾さんもおてるも一緒だからね。うんとご馳走を作ってもらおうよ」

清太郎の顔がパッと輝く。

「おいら、鯛素麺より、祭寿司《まつりずし》がいい！　だって、おばちゃんの祭寿司は美味《おい》しいんだもん。おいら、一度、敬ちゃんにも食べさせてあげたかったんだ！」

「そうだね。七夕に素麺はつきものだけど、お汁《つゆ》にして食べればいいんだもんね。じゃ、買い物の都合があるだろうから、今から、厨に言っておこうね」

ああ、子供って、なんて邪心がないのだろう……。

お葉は胸の靄《もや》が一掃《いっそう》されたかのように思い、いそいそと厨に入って行った。

日々堂の裏庭では、年に一度の井戸浚いが始まっていた。

男衆が交替で釣瓶《つるべ》を引き上げ、女衆《おなごし》が汲《く》み上げた水を次々に手桶《ておけ》や水甕《みずがめ》に移していく。

片時も手を休められないのは、汲み出す端《はし》から、じわじわと地の底から水が湧《わ》いてくるからである。

そうして、七割方水を抜いたところで、男衆の一人が腰に紐《ひも》を巻いて下りていき、底に沈んだ異物を拾うと、再び、地上へと上がってくる。

江戸城下には各地に上水《じょうすい》井戸が引かれていたが、ここ深川では、小名木川《おなぎがわ》より南には引かれていなかった。

そのため、この界隈《かいわい》は掘抜《ほりぬき》井戸が必要となったのである。

ところが、海を埋め立てて造成したこの地域の水は、塩分混じりで水質が悪く、飲料水には適さず、水売りから飲み水を買わなければならなかった。

といっても、洗い物や身体の清拭《せいしき》といった生活用水までを、いちいち水売りから買っていたのでは物入りなこと甚《はなは》だしく、それで、裏店や各戸に掘抜井戸が必要とされたのである。

では、飲み水として使わないのだから、井戸浚いの必要がないかといえば、そうでもない。

万が稀《まれ》、犬や猫といった小動物の死体でも落ちていたら、事である。

それで、上水井戸に倣《なら》い、毎年七月七日に、裏店やお店で井戸浚いが行われるようになったのであるが、ときには細金《こまがね》や櫛《くし》簪《かんざし》といった落とし物が出てきてみたり、何より、共同で恒例行事を熟《こな》すことで住人の連帯意識を高め、これはこれで捨てたものではなかった。

「誰でェ、手拭《てぬぐい》を落としやがったのは！　おう、煙管《キセル》まで落ちてるじゃねえか……」

腰紐をつけて井戸の底に下りた佐之助が、中から大声を上げる。

通常、井戸浚いは住人の共同作業だけでなく、井戸職人の手を借りるが、佐之助は三十路《みそじ》を越えたというものの、他の誰よりも身軽で、脚も速い。

それで、日々堂の仲間に加わった二年ほど前から、井戸職人なんかに銭を払うこたアねえ、と佐之助がその役を買って出るようになったのである。

「ほれ、見なよ。今年は、穴明《あなあ》き銭《せん》（四文《もん》）が五枚《めえ》に、小白《こじろ》（一朱銀《いっしゅぎん》）が二枚……。締《し》めて、二朱と二十文！」

井戸の底から上がってきた佐之助が、鼻柱《はなばしら》に帆《ほ》を引っかけたような顔をする。

「あっ、その小白の一枚は、きっと、俺んだ！　三月前《みつきめえ》にうっかり落っことしちまったんだからよ。なっ、返《けえ》してくれよ。俺《おり》ャ、現在《いま》、すかぴん（無一文）なんだからよ」

六助が物欲しそうな口調で言うと、佐之助がぴしゃりとそれを制した。

「てんごうを！　この小白のどこに、おめえの名前《なめえ》が書いてある？　仮に、おめえの小白だとしてもだぜ、おめえの手を離れたその瞬間から、こりゃ、お井戸さまのものになったのよ。それくれェ、おめえだって知っているだろうが！　神棚のお井戸さまの壺《つぼ》に保管してよ、一両ほど溜《た》まったところで、お井戸さまから皆に下される……。その金で、寿司だの鰻《うなぎ》だの、食いてェものを皆して食うんじゃねえか！」

佐之助はじろりと全員を見回すと、おちょうが神棚から下げてきた小壺の中に、細金をぽとりと落とした。

「諦《あきら》めな、六助！　そのうち、銭が食い物に化《ば》けて、おめえの腹ん中に収まるんだからよ」

与一がちょっくら返すと、小僧たちが一斉《いっせい》にワッと嗤《わら》った。

そんな情景を、清太郎と敬吾が腕を組んで眺《なが》めている。

するとそこに、裏庭の枝折《しお》り戸から、龍之介が駆け込んで来た。

「しまった！　やはり、間に合わなかったようだな。これでも急いで戻って来たのだが、終わっちまったのか……」

龍之介は腰を折り、ハァハァと肩息《かたいき》を吐いた。

「なに、うちは男手が足《た》りてるからさ。戸田さまは忙しい身体だもの、端《はな》から当てにしちゃいませんよ」

おちょうが仕こなし顔に言い、おやっと龍之介の背後を窺う。

なんと、おてるが借りてきた猫のような顔をして、そっと裏庭を覗《のぞ》き込んでいるではないか……。

「おてるちゃんじゃないか！　何してんのさ」

「いや、たった今、そこで出会《でくわ》したんだがよ。おてるの奴、表玄関から入るべきか、裏口から入るべきか、迷っていてよ」

「そんなもの、どっちからだって構わないさ。おやまっ、すっかり見違えちまったよ。たった二月《ふたつき》ほど逢《あ》わなかっただけだというのに、こんなに町娘らしくなっちまってさァ！」

おちょうが目を瞠《みは》る。

おてるは龍之介の陰から出ると、ぺこりと辞儀をした。

「こんにちは……」

「嫌だァ、こんにちはだって！　ただいまじゃないのかえ？」

おちょうに言われ、おてるは慌《あわ》てて、ただいま、と言い直した。

おてるは袖《そで》かがりのついた芙蓉唐草《ふようからくさ》模様の小千谷縮《おぢやちぢみ》に、藍地《あいじ》の更紗帯《さらさおび》をだらり結びにしていた。

日々堂を出たときに身に着けていたのが伊予絣《いよがすり》であるから、それに比べると、なんとはんなりとした、町娘らしい衣装であろうか。

「うわァ！　おてるちゃん、まるで、大店《おおだな》のお嬢さんみたいじゃないか」

「ホントだ！　通りですれ違っても、判らなかったかもしれないね」

お端下《はした》のおさとやおつなも寄って来て、羨《うらや》ましそうに囁《ささや》き合う。

すると、気配を察して、おはまが厨から出て来た。

「ああ、やっぱり、おてるちゃんだ！　よく帰って来たね。まあ、おまえ、綺麗《きれい》な着物《べべ》を着せてもらって……。どれ、くるりと一回転してみな。そうそう、そんなふうに……。なんて愛らしいんだえ！　おてるちゃん、いつもこんな上等な着物を着せてもらってるのかえ？　それとも、今日、ここに来るからって、一張羅《いっちょうら》を着せてもらったのかえ？」

おはまがおてるの袖を掴《つか》み、品定めをする。

おてるは戸惑ったような顔をした。

「これ、米倉の内儀《おかみ》さんが娘の頃に着ていた着物《べべ》なんですって……。娘のお冴ちゃんが大きくなったら着せてあげようと思って残していたんだけど、それが叶《かな》わなくなったからって……。他にもまだ沢山《たくさん》あって、あたしが米倉に上がった日に、内儀さんが下さったの」

「まあ、そうなのかえ……。じゃ、おまえ、米倉で可愛《かわい》がってもらってるんだね」

「はい」

「それは良かった……」

おはまが感極《かんきわ》まったように、前垂《まえだ》れで目頭《めがしら》を拭《ぬぐ》う。

「へえ、いいんだ！　だったら、あたしが米倉に行けばよかった」

おちょうが本気とも思えない言葉を吐《は》いたので、おはまがきっと睨《にら》みつける。

「莫迦《ばか》も休み休み言いな！　第一、米倉がおまえみたいなじゃじゃ馬を欲しがるはずがないじゃないか。いい歳《とし》をして、そんな道理も解らないなんて！　ああ、あたしも自分がこんな莫迦な娘を産んだのかと思うと、涙が出ちまうよ」

おさとやおつなが、くすりと肩を揺らす。

「ほら、おまえたちも嗤ってる場合じゃないだろ！　井戸浚いが終わったのなら、昼餉の仕度だ。ときは待っちゃくれないんだからね！」

おはまがパァンパァンと手を叩《たた》き、女衆を厨に追いやる。

「じゃ、おてるちゃん、女将さんに挨拶《あいさつ》をしておいで。朝から、首を長くしてお待ちかねだからさ」

「はい」

おてるが厨の脇の通路を通って、茶の間へと入って行く。

「どれ、じゃ、中食の仕度が出来るまで、笹竹の長さを揃《そろ》えておこうか」

龍之介が清太郎や敬吾に、笹竹を持ってくるようにと促《うなが》す。

「早く短冊を書こうよ！　おいら、もう願い事を決めてるんだ。今年は、三枚書くからさ。敬ちゃんは？　今年は、何枚書くつもりなんだい」

「わたしは……、いや、俺は一枚。今年は、父上が酒を飲み過ぎないように、と書かなくて済みますから……」

敬吾がちらと龍之介を窺《や》う。

「そうか。父上は酒を止められたか」

「はい。昨年、日々堂の女将さんに大層世話になってしまい、父上はそのことを恥じておられるのです。酒に飲まれるようでは、飲む資格がない、女将さんにあのときお借りした金を返し終えるまで、一滴の酒も飲まないと、そう言っています」

「そうか。じゃ、俺が誘っても、付き合ってはもらえないということか……。まっ、それもよかろう。男の意地だからのっ」

龍之介も満足そうに頷いた。

敬吾の父石鍋重兵衛《じゆうべえ》は三代前からの浪人で、手習指南をしながら材木町《ざいもくちよう》の裏店で息子の敬吾と暮らしているが、息子にだけはなんとしても仕官の道をと願っていた。

そんな重兵衛が仕官の口を斡旋《あつせん》するという出入師《でいりし》の口車にまんまと乗り、有り金ばかりか、蔵書を売り払って作った八両を騙《だま》し取られたのは、一年前のことである。

自暴自棄《じぼうじき》となった重兵衛は、酒に逃げた。

敬吾の母親を亡くしたのを契機《きつかけ》に、酒断ちをしていたのも、元の木阿弥《もくあみ》……。

一旦、飲み始めると止まらなくなり、その日も銭を持たずに煮売酒屋《にうりざかや》に入り、どぶ酒を五杯飲んだところで見世から叩き出され、たまたま通りすがったお葉に助けられたのである。

話を聞いたお葉は、一から出直すという重兵衛のために、古本屋から蔵書を取り戻すようにと、一両一朱の金を都合することにしたのだった。

「立て替えると言ったでしょう？　差し上げるわけではありません。蔵書は石鍋さまにも敬吾さんにも、そして、もしかすると清太郎も含め、師弟たちにもいつ必要となるやもしれません。その意味でも、是非にも買い戻してほしいのです。ですから、あたしがその金を石鍋さまにお貸ししたとしても、返済は決して急がなくともよいのです。石鍋さまが払えるだけ、いつまでかかっても構いません。少しずつ返して下さればいいのですよ」

お葉は重兵衛が卑屈に思わないようにと、敢《あ》えて、立て替える、という言葉を使ったのだった。

あれから、一年……。

重兵衛は酒を断ち、手習指南の倹《つま》しい立行の中から、毎月、少しずつでもお葉に金を返しているという。

結構なことよ……。

龍之介は頬を弛めると、

「よし、解った！　じゃ、本格的に短冊を書くのは、中食を終え、おてるちゃんを交えてということにして、まずは、手習の稽古だ。敬吾さんは稽古などしなくても上手《うま》く書けるだろうが、清太郎はそうもいかないのでな。二星《ふたぼし》さまに嗤われないような字を書くために、さあ、練習だ。それでいいな?」

と言った。

「うん」

「はい、それでいいです!」

裏庭に、清太郎と敬吾の爽《さわ》やかな声が響《ひび》き渡った。


「昨夜の石鍋さま、本当に嬉しそうでしたね」

おはまが七夕飾りを片づけながら言う。

「おはまの祭寿司を見たときの石鍋さまときたら、狐《きつね》につままれたような顔をしちゃってさ! ほう、話には聞いていたが、これが祭寿司か……。まさに、海老《えび》や小《こ》鰭《はだ》、焼き穴子《あなご》が錦糸玉子《きんしたまご》の上で祭り囃子《ばやし》を奏《かな》でているようではないかってさ!」

お葉は笹竹に架《か》けた竹を外《はず》しながら、思い出したかのように、ふふっと笑った。

「ホント、そうですよね。小皿に取り分けて差し上げても、もったいなくて食べられないと、なかなか箸《はし》をつけようとなさらないしさ」

「けど、一口食べたら、美味《うま》い、美味い。寿命が延びたみたいだと三度もお代わりをしてさ！」

「やはり、呼んであげて良かったんですよね。敬吾さんと二人して、父子《おやこ》でお呼ばれなんてないんでしょうからね」

「そうだよね。じゃ、これからも、うちで何か祝膳《いわいぜん》のあるときには、毎度、声をかけて差し上げようかね」

「それがいいですよ。けど、戸田さまやうちの亭主が一杯くらいはいいだろうと酒を勧めても、結句、一口も飲もうとされなかった……。根が酒好きとあっては、さぞや、辛《つら》かったでしょうね」

おはまが水を張った盥《たらい》を、ドッコラショイ、と抱え上げる。

昨夜は、これに星を映《うつ》して愉《たの》しんだのである。

町方の七夕は風流である。

縁側に長飯台《ながはんだい》を出し、その上に、桃、瓜《うり》、干し鯛、素麵などを供《そな》え、笹竹と笹竹に架けた竹に、五色《ごしき》の糸を通した針をぶら下げ、水を張った盥に星を映して鑑賞する。

この供物《そなえもの》を、翌日、短冊をつけた笹竹と一緒に、川に流すのである。

「そこが、石鍋さまの偉いところでさ。正蔵がやけ酒でなきゃ構わないと言っても、それがしは弱い人間なので、一度《ひとたび》許すと、ずるずると見境《みさかい》がなくなる、一旦決めたからには、何があろうとも自分は酒を口にしないって、そう言ったんだからさ。正《まさ》な話、あたしも安堵《あんど》したよ。もう二度と、石鍋さまは甘い話に乗ろうとなさらないだろうし、地道に生きていれば、日はまた昇るんだもんね」

「敬吾さんも嬉しそうでしたね」

「嬉しいといえば、おてるがあんなに活《い》き活きとして……。お町さんに実の娘のように可愛がられてるんだなと思うと、あたしまで嬉しくてさ。これで、胸を撫《な》で下ろしたよ」

「けど、七夕の祝膳に良作が坐《すわ》れなかったことだけが残念ですよね」

「久し振りに逢えたというのに、姉弟が同席できなかったんだもんね。けど、しょうがないじゃないか。現在《いま》では、良作は日々堂の小僧だし、おてるは米倉からの客人なんだからさ。あたしたちだけなら同席させたって構わないけど、他の店衆の目もあることだし、矩《のり》を越えちゃならないからね」

「ええ、解っています。だから、昨夜はご馳走だけでもと思って、店衆全員に祭寿司を振る舞ったんですよ」

「お陰で、勝手方は仕度に大わらわで、済まなかったね」

「いいってことですよ。お端下たちも滅多《めった》に口に出来ないご馳走が食べられたんだもの……。それに、おてるちゃんが言っていましたよ。良作と同席させてやれなくて済まないねって言うと、弟とはさっき思い残すことなく話したし、自分はあの子が一日も早く日々堂の皆に溶け込んでくれることが、一番嬉しいって……。おてるちゃんて、本当に、打てば響くように賢《さと》い娘なんですよね。あたし、改めて、感心してしまいましたよ」

おはまが抱え上げた盥を、再び、縁側に戻す。

どうやら、まだ何か言いたいようである。

「どうしたえ?」

おはまは腹に含むところでもあるのか、ふうと溜息《ためいき》を吐いた。

「おてるちゃんのおっかさんのことなんだけど、盆が近いというのに、おっかさんが亡くなったことを教えてやらなくてもいいのかと思ってさ……」

ああ……、とお葉も眉根を寄せる。

おてる、良作姉弟にとって、今年は、両親や弟の新盆《にいぼん》となる。

流行風邪で亡くなった父親と弟は、お葉が住持に頼んで、本誓寺の墓地に葬ることが出来た。

が、品川遊里で自害した、飯盛女の母親だけは、海蔵寺《かいぞうじ》の投込塚《なげこみづか》……。

しかも、おてるたちには、母親の死を未だに伏せているのである。

父親や弟を亡くしたばかりというのに、そのうえ母親の悲惨な死を知れば、幼い良作はどんなに衝撃を受けるだろうか……。

しっかり者のおてるにしても然《しか》り……。

母親の死に方が尋常《じんじょう》でないだけに、それを知れば、米倉でようやく幸せを摑みかけたばかりというのに、再び、哀《かな》しみの淵《ふち》に追いやられてしまう。

「現在《いま》はまだ、本当のことを知らせるのは早いように思うんだがね。おそらく、本誓寺にはお町さんがおてるを連れて詣るだろうから、品川には、あたしが行こう。ねっ、おはま、どう思うかえ？」

お葉が困じ果てたような顔をする。

「また、女将さんはそんなことを！　盆はあたしが半日暇を貰わなきゃならないし、藪入りで手薄になった日々堂から、女将さんやうちの亭主が抜けるわけにはいかないんですからね。ようござんす！　では、あたしが半日とは言わず、一日暇を貰いましょう。午前中は箕輪の真正寺に、午後から品川宿へと廻ればいいんですから……」

「けど、おちょうはどうする？　おちょうも品川宿まで連れて行くつもりかえ？」

「なに、品川宿に行きたくないと言えば、あの娘《こ》だけ先に帰らせればいいんだもの。四の五の言わせやしませんよ！」

おはまはぴしゃりと言い放った。

おやっと、お葉は思った。

すると、おちょうは彫鉄の墓に詣ることを承諾したのであろうか……。

「じゃ、おちょうは箕輪まで行くと言ったんだね？」

あっと、おはまが絶句する。

「……」

「なんだえ、まだ、行くとは言っていないんじゃないか」

「だって、それは、女将さんが説得してくれるって……」

「そりゃそうなんだけど、昨日の今日だ。おちょうと腹を割って話す暇なんてなかったじゃないか。そうだ！　確か、今日は、お針の稽古は休みだったよね？　じゃ、手の空《す》いたところで、おちょうを茶の間に寄越しておくれ。それでいいだろう？　幸い、現在《いま》は、清太郎も戸田さまも留守だ。あまり他人《ひと》に聞かせたくない話だから、今しか機会がないよ」

「解りました。じゃ、おちょうを寄越しますから、後を宜《よろ》しく頼みましたよ」

おはまが腰を落とし、再び、水を張った盥を抱え上げる。

お葉も慌てて竹から糸のついた針を外した。


おちょうはふて腐れた顔をして、茶の間に入って来た。

どうやら、お葉から何を言われるのか解っているとみえる。

「お坐り」

お葉はそう言うと、茶櫃《ちゃびつ》の蓋《ふた》を開け、茶の仕度を始めた。

おちょうが渋々と長火鉢《ながひばち》の傍に坐る。

「なんだえ、その顔は……。そうだ、到来物《とうらいもの》の金平糖《こんぺいとう》があるが、食べるかえ?」

そう言い、蓋付きの菓子鉢《かしばち》をおちょうの前に押し出す。

「あっ、あたし、これ、大好き!」

おちょうの顔が幼児のように輝いた。

「あたしが六歳のときだったっけ、おたふく風邪でほっぺがこんなに膨《ふく》れたことがあったのを憶《おぼ》えてる?」

おちょうが手で左の頬に瘤《こぶ》を作って見せる。

「知るわけがないだろ！　あたしが日々堂に入ったのは、二年半前だよ」

お葉が猫板《ねこいた》の上に湯呑を置く。

「あっ、そうか……。とにかく、お多福《たふく》みたいになって、ものが喉《のど》を通らなかったのよ。そしたら、おとっつァんが金平糖を買って来てくれてさ。口の中にポンと一つ、放り込んでくれてさ。嚙《か》まなくていいから、しゃぶってなって……。甘かったなァ……。あたし、おとっつァん、大好きだって、そう思った」

おちょうが緑色の金平糖を口の中に入れる。

「そうかえ、正蔵がねえ……」

「あのころのあたしはおとっつァんが本当の父親《てておや》じゃないと知らなかったわ。おっかさんから本当のことを知らされたのは、もっと先の話……。けど、あたし、その話を聞いても信じられなかった……。だって、食べ物の好みや、履物《はきもの》を履《は》くとき、利《き》き脚でもないのに決まって左脚から履く癖《くせ》も、足の親指の形まで同じなんだよ。それに、おとっつァんからは一度も大声で叱《しか》られたことがないし、あたし、おとっつァんとおっかさんのうち、どちらか一人を取れと言われたら、絶対に、おとっつァんを取ると思ってた……」

おちょうはきっと唇を嚙んだ。

「それなのに、おっかさんから本当のおとっつァんは死んだと聞かされたのよ。それだけでも棍棒《こんぼう》で頭を殴《なぐ》られたような想いだったのに、病で死んだというのも嘘で、実のおとっつァんは彫鉄という彫師で、おっかさんと乳飲み子《ちのご》のあたしを捨てて、女ごと逃げたというんだもの……。しかも、おまえを一人で死なせるもんかと、死にかけた女ごと手に手を取り合って心中しただなんて、許せるはずがない！　そんな男の墓に、どうして、あたしが詣らなきゃならないのさ！　あたし、女将さんから説教されたって、絶対に、行かないからね！」

おちょうが甲張《かんば》ったように、声を荒らげる。

「説教をしようと思ってるんじゃないんだよ。あたしだって、おまえが彫鉄を許せない気持は解る。けどさ、人を祈らば穴二つといってね、恨《うら》みからは何も生まれてこないんだ……。むしろ、人を思うは身を思うで、許したり、他人《ひと》に情をかけることで、やがて、自分も情をかけられるようになるものでさ。それに、聞いた話じゃ、今年は彫鉄の十七回忌だそうじゃないか。区切《けじめ》だからね。することをしておけば、悔《く》いのない人生が送れる。だからさ、彫鉄のためじゃなく、自分のためだと思って、供養してあげることだね。そうすれば、誰が一番悦ぶと思う？　彫鉄でもなければ、おっかさんでもない……。おまえの好きな正蔵が一番悦ぶんだよ」

「おとっつァんが？」

「そうだよ。現在《いま》は、おはまが正蔵の女房、おちょうは義娘《むすめ》だ。正蔵にしてみれば、おまえたち母娘《おやこ》が自分と所帯を持ったがために、彫鉄を蔑《ないがし》ろにすることになったと思われたくはないだろうからさ。正蔵は懐《ふところ》の深い男だし、するべきことをきちんとする男だ。今までだって、供養できるものならしたかっただろうさ。けど、彫鉄がどこに葬られたのか判らなかった……。ところが、箕輪の真正寺に葬られたことが判ったんだからさ。せめて、おはまやおちょうだけでも詣らせたいと思ったところで不思議はないだろう？」

「おとっつァんがそう言ったの？」

「ああ、言ったさ。本当は、正蔵も一緒に詣りたいのだろうが、この時季、一度に三人も見世を空けることが出来ないからね。ねっ、解ってやっておくれよ。これは、正蔵のためでもあるんだからさ」

「…………」

「おまえは知っているかどうか分からないが、あたしも十歳のときに実の母親に捨てられてさ。上方《かみがた》から来た陰陽師《おんみょうじ》に入れ揚《あ》げ、おとっつァんやあたしを捨て、見世の金を持ち出して男と逃げたのさ。そのために、家業の太物屋《ふとものや》は身代限《しんだいかぎ》りとなり、おとっつァんが首括《くびく》りしちまってね……。それが原因《もと》で、あたしは女ご一人で芸の道で生きていこうと、出居衆《でいしゅ》（自前芸者）となったんだけどさ。あたしはおっかさんを恨んだ。おとっつァんの亡骸《なきがら》に縋《すが》りついて、いつかきっと復讐《ふくしゅう》してやると誓いもした。それがどうだろう……。芸の道で生き、他人《ひと》のさまざまな生き様《ざま》を見ているうちに、母親を恨む気持がなぜかしら薄れてきてさ……。それにさ、おっかさんがあたしたち父娘《おやこ》を捨てなければ、あたしは芸者にならなかっただろうし、芸者にならなければ、甚三郎には出逢わなかったんだもんね。旦那《だんな》と一緒にいられた期間は短かったけど、あたしは天から与えられたご褒美《ほうび》だと思ってるんだ……。人を祈らば穴二つって言葉を教えてくれたのも、旦那でさァ。恨んじゃならない。何事であれ、人の持つ宿命《さだめ》……。おちょう、おまえだって同じだよ。彫鉄に捨てられなかったら、大好きな正蔵おとっつァんには巡《めぐ》り逢わなかったんだからね」

お葉がお茶を飲むようにと、おちょうを促す。

おちょうは一口お茶を口に含み、しみじみと茶の味を味わうと、再び、ぐびりと飲み干した。

お葉が目を細める。

なんだえ、茶の飲み方まで、正蔵と餅《もち》の形（そっくり）じゃないか……。

おちょうは猫板に湯呑を戻すと、頷いた。

「解った。おとっつァんのために、あたし、彫鉄の墓に詣る」

ああ……、とお葉も安堵する。

「でも、口には出さないけど、腹ん中では、恨み辛《つら》みを言ってやる！　おまえのために来たんじゃない、正蔵おとっつァんのために来たんだから、砂をぶっかけられないだけでも有難《ありがた》いと思えってさ！」

おちょうが憎体《にくてい》に言う。

「おちょう、これっ！」

お葉は慌《あわ》てて、目で制した。

くくっと、おちょうが肩を揺する。

「嘘に決まってるじゃないか！　女将さんたら、まともに受けちゃって……。あたしさ、本当は、今朝から箕輪に行ってもいいなって思っていたの。夕べ、寝しなに、おとっつァんから言われたんだ。おめえは俺に気を兼ねてるんだろうが、俺のこたァ気にするんじゃねえ、彫鉄を恨む気持は解るが、いい加減には許してやれ、許してこそ、初めておめえも救われるんだからよって……」

「まあ、そうだったのかえ。正蔵もあたしと同じことを……」

「それに、こうも言っていた。彫鉄を父親と認めたくねえ気持は解るが、彫鉄がいなければ、おめえはこの世に生まれてこなかったんだからなって……。この言葉は応えたな。それに、よく考えてみたら、本当は、あたしよりおっかさんのほうが辛かったんだと思ってさ。あたしは娘だけど、おっかさんは女房だったんだもんね。それなのに、亭主を他の女ごに盗《と》られ、しかも、心中までされちまったんだもの……。そのおっかさんが恨み心を捨て、十七回忌をしてやろうとしてるんだから、あたしが心を開かないわけにはいかないじゃないか」

おちょうがぺこりと頭を下げる。

「ごめんなさい。本当は、今朝、おっかさんに謝ろうと思ってたんだ。けど、なんかこう……、一旦、振り上げた拳《こぶし》が下ろせないというか……。言い出す契機《きっかけ》が見つからなくて……」

お葉がおやまっと頬を弛める。

「なんて娘《こ》なんだろうね。皆をはらはらさせちまって！　けど、いいかえ、おとっつアんやおっかさんにも、ちゃんと頭を下げて謝るんだよ」

「はい」

「じゃ、もういいから、昼餉の仕度を手伝っておいで」

おちょうが厨に戻って行く。

やれ、とお葉は肩息を吐いた。

母久乃《ひさの》の顔が、つと脳裡《のうり》を過《よ》ぎったのである。

久しく忘れていた久乃だが、今もしっかと、その顔は眼窩《がんか》に焼きついている。

今頃、どこで何をしているのだろうか……。

久乃が男と出奔《しゅっぽん》して、十六年。

その間さまざまなことがあり、久乃のことはすっかり失念してしまい、生きているのかどうか、それすら判らない。

一緒に逃げた陰陽師が上方の出ということは、案外、京《きょう》か大坂《おおざか》あたりにいるのかもしれない。

おっかさん、一度でも、捨てたあたしのことを思い出したことがあるのだろうか……。

そして、おとっつァんのことは……。

よし乃屋《のや》が身代限りになったことや、おとっつァんが首括りしたことも知らないのだとしたら、ああ、そんな……。

それじゃ、おとっつァんは死んでも死に切れないじゃないか！
あっと、お葉は指折り数える。
父嘉次郎《かじろう》が死んで、十六年……。
ということは、今年は十七回忌ではないか！
よし乃屋の檀那寺《だんなでら》は、本所《ほんじよ》の要律寺《ようりつじ》である。
此の中、嘉次郎の墓に詣っていないことに気づき、お葉は忸怩《じくじ》とした。
そうだ、今から行って来よう！
行って、住持と十七回忌の打ち合わせをしなくては……。
お葉は金箱《かねばこ》から金を取り出すと、帯の間に差し込み、厨に向かって声をかけた。
「おはま、出掛けて来るからね！」

要律寺の前で駕籠《かご》から下りると、近所の子供たちが七夕の笹竹や供物を六間堀《ろっけんぼり》に流しているのが目に入った。
七夕には、牽牛《けんぎゆう》、織女《しよくじよ》の逢瀬《おうせ》伝説と、日本古来の棚機《たなばた》つ女《め》（水辺の機屋《はたや》に神を迎え、穢《けが》れ祓《ばら》いをする巫女《みこ》）の意味があり、供物を川に流すのは穢れ祓いのためである。

六間堀に流された供物は小名木川へと流され、さらに、大川から海へと流れていく。

お葉は子供たちの姿に目を細め、ふと、清太郎や龍之介は、供物をどこまで流しに行ったのだろうかと思った。

が、山鳩《やまばと》の声にハッと山門に身体を返すや、ゆっくりと要律寺の境内《けいだい》へと入って行く。

そうして、庫裡《くり》の脇で手桶に水を汲むと、駕籠に乗る直前に求めた小菊を胸に、本堂の裏手にある墓地へと廻った。

この前、嘉次郎の墓に詣ったのは確か春の彼岸《ひがん》で、四月《よつき》も前のこと……。

おとっつァん、堪忍《かんにん》えェ……。

お葉は胸の内で呟《つぶや》いた。

日々堂に嫁《とつ》ぐまでは、月命日には必ず詣っていたのが、甚三郎に死なれてからは、盆と彼岸しか詣れなくなっている。

甚三郎亡き後、お葉が日々堂の屋台骨《やたいぼね》を背負い、年中三界、席の温まる暇がないほどの忙しさ……。

　仕方がないといえば確かにそうなのだが、どんなに忙しくても、その気になれば、詣れないことはなかったのである。

　しかも、今年が十七回忌に当たることまで忘れていたとは……。

　忙しかったでは、とうてい済まされない。

　嘉次郎の墓を目の端に捉《とら》える。

　おやっと、目を瞬《しばた》いた。

　慌てて、刻《きざ》み足に、墓石へと近寄って行く。

　なんと、たった今、供えられたばかりと思える瑞々《みずみず》しい大輪菊《たいりんぎく》や竜胆《りんどう》が、花立《はなたて》に供えられているではないか。

　花の状態から見て、供えられたのは、おそらく、昨日か今日……。

　一体、誰が……。

　お葉には、自分の他に、嘉次郎の墓に詣ってくれる人に心当たりがなかった。

　では、よし乃屋の奉公人の誰かが、嘉次郎の十七回忌が近いことを知り、せめて、盆前にと詣ってくれたのであろうか……。

　嘉次郎は妻久乃に見世の金を持ち逃げされ、苦し紛《まぎ》れについ手を出した高利の金がじわじわと首を絞《し》め始め、いよいよ二進《にっち》も三進《さっち》もいかなくなる前にと見世屋敷を売り払ったが、奉公人のことも忘れてはいなかった。

借財を皆《みな》にすると、奉公人の一人一人に某《なにがし》かの金を渡し、娘のおよう（お葉の幼名）にも幾ばくかの金を遺したのだった。

そんなふうに、店衆にも娘にも気を配り、自《みずか》らの生命《いのち》を絶った嘉次郎……。

そんな嘉次郎であるから、恩義を感じて、仏前で手を合わす者が店衆の中にいたとしても、決して、おかしくはない。

お葉は持参した小菊を、竜胆の脇にそっと差し込んだ。

おとっつァん、良かったじゃないか。誰だか判らないけど、おとっつァんのために詣ってくれた人がいるんだよ……。

墓前に蹲《うずくま》ると、お葉は手を合わせ、胸の内で語りかけた。

永いこと来られなくて、ごめんね。今年が十七回忌だったのも忘れてたなんて……、許して下さいね。後で、住持と法要の打ち合わせをしますからね。

清太郎も連れて来るからさ。あの子、自慢したいほど、良い子なんだ。あたし、この頃うち、あの子のことを我が腹を痛めたかのように思ってるんだよ。

終《つい》しか、あたしは甚さんの子に恵まれなかったけど、それでもいいの！　だって、清太郎がいるんだもんね。

あたし、これからも、清太郎の義母《はは》として、日々堂の女主人として、頑張《がんば》るからさ！

おとっつァん、草葉《くさば》の陰から見守っておくれ……。

お葉はぶつぶつと念仏を唱《とな》えるように、口の中で呟いた。

「これは……。よし乃屋のおようさんではありませんか。あっ、これは失礼した。確か、現在《いま》は、黒江町の便り屋……」

要律寺の住持、玄妙《げんみよう》和尚《おしよう》である。

お葉は慌てて腰を上げると、深々と辞儀をした。

「便り屋日々堂のお葉にございます。すっかり無沙汰《ぶさた》をしてしまい、申し訳ありません。なにぶん、忙しくしておりまして、こうして父の墓に詣るのも久方振りのことで……」

「なに、忙しくて結構ではありませんか。商売繁盛《はんじよう》、それが、商人《あきんど》にとっては、何より有難いことですからな。父御《ちちご》もさぞやお悦びのことでしょう」

和尚は好々爺然《こうこうやぜん》とした目許《めもと》を綻《ほころ》ばせた。

「丁度ようござんした。これから父の十七回忌の相談に上がろうと思っていましたたの」

「おお、そうであったな。では、庫裡のほうに参りましょうか」

「それで、あのう……」

お葉が花立の花に視線を移す。

「どなたかお詣り下さったようですが、和尚さまにお心当たりはございませんか？」

「さて……。では、寺小姓《てらこしょう》に訊《き》いてみられるとよい。だが、寺小姓とて、参詣者《さんけいしゃ》のすべてに目が行き届いているわけではありませんからな」

和尚はそう言うと、竹箒《たけぼうき》で鐘楼《しょうろう》の周囲《まわり》を掃《は》いていた、寺小姓を呼んだ。

二十歳《はたち》そこそこの寺小姓がやって来る。

「この墓に詣った人ですか？　ええ、遠目にですが、見かけましたよ」

「えっ……。じゃ、その男《ひと》の年恰好《としかっこう》は？」

「四十路半《よそじなか》ばでしたかね。顔は見えませんでしたが、なんていう髪形ですかね？　巻《まき》貝《がい》みたいに螺旋状《らせんじょう》に巻きつけた、そう、ばい髷《まげ》！　そのばい髷を結《ゆ》った、なかなか乙粋《おついき》な方でしたが……」

「ばい髷ですって！　では、女ご……」

お葉が思わず甲張った声を上げると、寺小姓は拙《まず》いことでも言ったと思ったのか、挙措《きょそ》を失った。

「お心当たりがないと？　では、よし乃屋さんの墓ではなかったのかな……。何しろ、手桶を手に庫裡のほうに引き返す姿を目にしただけですので、もしかすると、隣の墓だったのかも……」

「それは、いつのことですか？」

「昨日にございます。確か、日が暮れかけていたので、七ツ半（午後五時）くらいかと……」

寺小姓は口籠《くちご》もった。

隣の墓ではないだろう。

それが証拠に、隣の花立には、朽《く》ち枯《が》れた小菊の残骸《ざんがい》……。

が、お葉は無理して、頬に笑みを貼《は》りつけた。

「済まなかったね。気にしないで下さいな」

「お役に立ちませんで……」

寺小姓がぺこりと頭を下げ、去って行く。

住持と十七回忌の打ち合わせを済ませてからも、お葉は嘉次郎の墓に詣った女ごのことに想いを馳《は》せていた。

一体、誰なのだろう……。

四十路半ばの乙粋な女……。

ばい髷を結っていたというのであるから、おそらく、粋筋《いきすじ》だろう。

よし乃屋が繁盛していた頃には、嘉次郎にも、その筋の女ごと付き合いがあったであろうし、常並《つねなみ》に、大店の主人《あるじ》として宴席《えんせき》に出ていたので、贔屓《ひいき》の芸者がいたとしても不思議はない。

だが、そうだとしても、これまでは一度として嘉次郎の墓に詣った痕跡《こんせき》がなかったのに、今頃になって、何故……。

もちろん、よし乃屋の女衆には、寺小姓が記憶に留《とど》めるほどの、乙粋な女ごはいない。

六間堀を東へと渡りながら、お葉は、まさか……、と口の中で呟いた。

「案外、嘉次郎さんのお内儀なのではありませんか？」

そう言った、住持の言葉が耳底に甦《よみがえ》ったのである。

まさか……。

そんなことがあるはずがない！

確かに、久乃が生きていれば、四十路半ば……。

だが、男に入れ揚げ、後足《あとあし》で砂をかけるようにして出奔《しゆっぽん》した久乃が、どの面《つら》下げて、いまさら……。

お葉はつと過ぎった忌《い》まわしい想いを振り払うと、北ノ橋《きたのばし》の橋詰めで客待ちをする辻駕籠に声をかけた。

「黒江町まで急いどくれ！」

「おはまの顔が見えねえようだが、どうしてェ……」

友七親分が厨の中をちょいと覗き込んで、訝しそうな顔をする。

お葉はお茶を淹れながら、ふっと微笑《ほほえ》んだ。

「いえね、今年は亡くなった彫鉄の十七回忌だそうでしてね。今朝、おちょうを連れて、箕輪の真正寺に詣ったんですよ。当初は、盆前の十二日にと思って寺に法要を頼んだところ、住持の都合で、十五日の今日になっちまって……」

友七が驚いたように、目をまじくじさせる。

「彫鉄の十七回忌って……。おいおい、正蔵がよく許したな」

「許すも何も、正蔵のほうから言い出したことなんですよ」

お葉が、さあ、どうぞ、と猫板の上に湯呑を置く。

「へえェ……、正蔵がね。そいつァ、懐の深《ふけ》ェこった」

お葉が彫鉄の十七回忌をすることになった経緯《いきさつ》を説明する。

「なるほど、それで区切をつけたってことなんだな。それだけ、正蔵とおはま母娘《おやこ》の絆《きずな》が揺るぎねえものとなったということか……。おっ、良かったじゃねえか。俺も安堵したぜ」

「それは良かったんだけど、十二日と思っていたのが、今日になっちまっただろ？　藪入りで勝手方の半分までが実家《さと》に帰っちまって、お陰で、大わらわさ。まっ、おはまの代わりに、おせいが仕切ってくれるので助かってるんだが、それでも、おはま、おちょうと、二人も抜けられたんではね……。それで、あたしが勝手方を助けようと思って厨に入ったところ、皿は割るわ、指を切りそうになるわで、かえって、足手纏《あしでまと》いになっちまってさ。おせいに、女将さんは引っ込んでて下さいって怒鳴られちまったよ」

お葉がひょいと肩を竦《すく》めてみせると、友七がカッカと肩を揺する。

「おめえさんの手は、包丁《ほうちょう》を持つようには出来てねえもんな。いいってことよ。女将はどんと腰を据《す》えて、皆に睨みをきかせてりゃいいんだからよ」

「女ごに生まれたってェのに、情けないことでさ……」

「なんなら、うちのお美濃《みの》に助《す》けさせようか？」

お葉はおやっと友七を見た。

友七の口から、うちのお美濃という言葉が出ようとは……。

この様子では、どうやらもうすっかり、お美濃は友七、お文の家族となっているようである。

「お美濃を？　それは大いに助かるけど、盆は古手屋も書き入れ時だろ？　せっかく、お文さんの片腕となったというのに、うちが取り上げたんじゃ、お文さん、臍《へそ》を曲げるんじゃないのかえ？」

「なに、古手屋が忙しくなるのは、重陽《ちょうよう》（九月九日）を過ぎてからでよ。それに、今日、明日と、藪入りの間だけの話だ。そのくれェなら、お美濃を傍から離したところで、文句は言わないだろうさ」

「どうやら、お文さんとお美濃は甘《うま》くいってるようだね」

「甘くいくなんてもんじゃねえ！　お文の奴、お美濃、お美濃と片時も傍から離したがらずに、現在《いま》じゃ、すっかり、実の娘のように思ってやがる」

友七はでれりと脂下《やにさ》がった。

「お文さんだけじゃないだろう？　その顔を見ると、親分だって、目の中に入れても痛くない……。ねっ、そうだろう？　まっ、いずれにしても、あたしも胸を撫で下ろしたよ。おまえさんたちが過怠牢舎《かたいろうしゃ》（本刑の敲《たた》きに換えて入牢させたこと）となったお美濃を引き取り、お端下ではなく、義娘《むすめ》として引き取ると決めたとき、あたしもその気っ風《きぶ》のよさに溜飲《りゅういん》の下がる想いがしたけど、正な話、甘くいくだろうかと危惧《きぐ》の念があったのも事実でね……。けど、杞憂《きゆう》に終わって良かったよ」

「そういうこった。おめえに言われるまでもなく、実のところ、俺も気性《きしょう》の荒《あれ》ェお文が、おっかさんの恨みを晴らそうと実の父親《てておや》を殺《あや》めようとしたあの一徹《いってつ》なお美濃と、甘くいくのだろうかと案じてたのよ。それに、この歳になるまで、俺たち夫婦は子というものに恵まれなかったしよ。けど、案ずることァなかった……。お美濃って娘は一途《いちず》だが、心根《こころね》の優しい娘でよ。おとっつァん、おっかさんと、俺たち夫婦を実の親のように慕《した》ってくれてよ。俺ャ、心《しん》から、お美濃のためなら、なんだってしてやろうと思ってるんだ。お文も同じ気持らしくて、此の中、あのお亀《かめ》（醜女《しこめ》）が、仏性《ほとけしよう》のぼっとり顔をしてやがる！」

友七は感極まったように、目を潤《うる》ませた。

ああ、良かった……。

お葉の胸にも、熱いものが込み上げてくる。

お端下に化けて乾物《かんぶつ》問屋河津屋《かわづや》に入るや、愛妾《あいしょう》として主人《あるじ》の周三郎《しゅうざぶろう》に接近し、母を捨てた父親を刺し殺そうとした、お美濃……。

お美濃に迷いがなかったと、どうしていえよう。

お美濃は根っこの部分で、父親の愛を求めていたのである。

周三郎に妾宅《しょうたく》を構えると言われたお美濃は、もう逃げ切れないと覚悟した。

今こそ、おっかさんの恨みを晴らすとき……。

が、蒲団《ふとん》に出刃《でば》包丁を隠して寝床に入ったお美濃は、一度だけ、周三郎のことをおとっつァんと呼んでみようと思った。

そうしたら、この男《ひと》はどんな反応を見せるだろう……。

ところが、周三郎から返ってきた言葉は、あの女ごの産んだ娘が自分の娘と決まったわけじゃねえ、しょせん水茶屋《みずぢゃや》の女ごだ、誰の子を孕《はら》んだのか判ったもんじゃねえ……。

お美濃の頭にカッと血が昇った。

自分が否定されたばかりでなく、母のお佐津《さつ》までが侮辱《ぶじょく》されたからである。

お美濃はお白洲《しらす》で泣き叫んだという。

あの男がおっかさんを侮辱することだけは、どうしても許せなかった！

後で、友七からその話を聞き、お葉は初めてお美濃の想いを知ったように思った。

お美濃は父親を恨んでいたのではなく、愛を求めていたのである。

四歳のときに母を失い、以後、親戚を盥回しにされて育ち、どんなに肉親の愛に飢《う》えていたことだろうか……。

そのお美濃が子供に恵まれなかった友七、お文夫婦に義娘《むすめ》として引き取られ、実の娘のように可愛がられているというのであるから、これぞ、福徳《ふくとく》の百年目……。

友七夫婦にしても、ぼた餅で叩かれたようなものである。

「お美濃、幸せになってくれるといいね」

お葉は呟いた。

すると、そのときである。

「ただいま、帰りました」

厨のほうから、声がかかった。

おちょうの声である。

「おちょうかえ？　おや、おまえ、もう……。とにかく、お入り」

お葉が訝しそうに首を傾《かし》げると、するりと障子《しょうじ》が開いた。

おちょうが一張羅の単衣《ひとえ》に黒地の夏帯といった形《なり》をして、怖々《こわごわ》と中を覗き込んでいる。

「おまえ、品川宿には行かなかったのかえ？」

「だって、あたしには関係ありませんから」

「まっ、そりゃそうなんだけど、じゃ、真正寺には詣ったんだろうね？」

おちょうが仏頂面《ぶっちょうづら》をして、頷く。

「実のおとっつァんの墓なんだから、心を込めて念仏を唱えろと言われたって、顔も知らない男《ひと》なんだもの……。けど、一応、手を合わせたし、坊主が長々と経《きょう》を唱《あ》げてる最中も辛抱《しんぼう》して坐ってたんだから、それでいいでしょう？　おっかさんが品川の海蔵寺に一緒に廻れと言ったけど、そんなところにあたしまで行く必要がないと思って、帰って来たの。だって、あたし一人でも、勝手方に手が増えたほうがいいでしょう？」

おちょうは木で鼻を括ったような言い方をした。

「ええ、まっ、そりゃそうなのだけどさ……」

お葉は複雑な想いであった。

が、言われてみれば、その通り。おちょうが帰って来てくれたのだから、お美濃に助《す》けてもらう必要がなくなったのである。

「じゃ、あたし、着替えてきます。おそらく、おっかさんの帰りは六ツ（午後六時）を廻るだろうから、おせいさんと二人で勝手方を廻します。それでいいですよね？」

「ああ、そうしておくれ」

おちょうはちょいと友七に会釈《えしゃく》をすると、厨に引っ込んだ。

「品川の海蔵寺とは、一体《いってえ》、なんのことでェ」

友七が煙管に甲州《こうしゅう》（煙草《たばこ》）を詰めながら訊ねる。

「いえね、おてると良作のおっかさんが葬られてるんですよ」

「そのことは知ってるがよ。なぜ、おはまが……」

「本当は、あたしが詣りたかったんですがね。おはまとあたしが同時に見世を空けるわけにはいかず、箕輪に詣ったついでに、おはまに品川宿まで廻ってもらうことにしたんですよ」

「そういうことか……。そう言ャ、おてるの母親も新盆だもんな。誰かが詣ってやらなきゃ可哀相《かええそう》だ。じゃ、おてるたちには、まだ、おっかさんのことを打ち明けてねえんだな？」

お葉が辛そうに頷く。

「父親《てておや》と弟の墓は本誓寺だからね。良作はあたしが旦那の墓に詣るときに一緒に連れて行ったたし、おてるのほうはお町さんが連れてったと思うが、母親のことはなんだか言い出しづらくてね……。亡くなり方が亡くなり方だから、なおいっそう……」

お葉がふうと肩息を吐く。

「だが、いつかは言わなきゃならねえ。辛《つれ》ェな」

友七は煙草の煙を長々と吐くと、灰吹《はいふ》きにポンと煙管を打ちつけた。

「言うとしても、まだ少し早い……。良作はやっと日々堂の生活に慣れたばかりだし、おてるにしても、いくらしっかり者といっても、母親の不憫な死に方を知れば、気を落とすだろうしさ。米倉でお町さんに実の娘のように可愛がってもらっているだけに、落胆が大きいと思うんだよ。それでなくても、あの娘《こ》、自分だけ幸せになってよいものだろうかと、まだ少し迷ってるところがあってさ……」

「家族思いの、優しい娘だもんな」

友七も太息を吐く。

「だから、今日は、おはまに皆の代わりをしてもらうより仕方がなかったのさ。そうだ、親分、おちょうが帰って来たので、お美濃の手を借りなくても済みそうだよ。悪かったね、気を遣《つか》わせちまって……」

「なに、いいってことよ。これからも、人手が要《い》るときには、いつでも声をかけてやってくれ。他人《ひと》から必要とされていると思えば、お美濃も張り合いが出るというもんだ」

「あい、承知！」

お葉と友七は顔を見合わせ、どちらからともなく、ふっと頰を弛めた。


おせいはおやっと水口《みずぐち》のほうに目をやった。

誰かが厨の中を覗いたように思ったのである。

おせいが前垂れで手を拭いながら、水口から出て行く。

すると、小僧の昇平《しようへい》が悪さを見つけられたかのように挙措を失い、逃げだそうとした。

「これ、お待ち！　昇平、何か用があるんじゃないのかい？」

昇平は物怖《ものお》じしたように、潮垂《しおた》れた。

「良作がいねえかと思って……」

「良作？　良作が厨にいるはずがないじゃないか。一体、どうしたっていうのさ。見世のほうは捜《さが》したのかい？」

「見世にもどこにもいねえんだ……。友造さんがそろそろ山源《やまげん》から荷が届く頃だから、うちから送り出す分を、もう一度確認しておけって……。それで、良作を捜してるんだ」

「どこにもいないって……。中食のときにはいたじゃないか。おまえ、厠《かわや》は見たのかえ？」

「見たけど、いなかった。厨にもいねえとしたら、他にあいつの行きそうなところに心当たりがなくって……」

昇平が困じ果てたような顔をする。

おせいは首を傾げたが、じゃ、待ってな、と声をかけ、厨に向かって鳴り立てた。

「誰か、良作を見た者はいないかい？」

「良作？　さあ、中食のときに顔を見たけど、見世に戻ったんじゃないのかい」

「男衆が知らないものを、あたしたちが知るわけがないじゃないか！」

「そうだよね」

お端下は口々に答えた。

おせいが振り返る。

「そういうことだ。他を捜すんだね。あっ、ちょっと待ってよ！　おてると良作がこれまで住んでた奥川町の裏店……。そこはまだ当たってないんだろ？　案外、里心がついて、古巣に帰ったのかもしれないよ」

「奥川町の裏店……。あっ、そうか。あそこにゃ、あいつの幼馴染《おさななじみ》がいるんだもんな。けど、良作が仕事を放り出して、遊びに行くだろうか……。あいつ、そんな勇気はねえはずだ。おいらや市太《いちた》が仕事をさぼっていても、あいつだけは手を休めることがねえからよ」

「おまえたち、何か、良作が疵《きず》つくようなことを言ったんじゃないのかい？　それで、突然、逃げ出したくなったのかもしれないよ」

「そんな……。言うわけがねえだろ！　おいらたち、良作がおとっつァんや弟に死なれ、おまけに、おてるちゃんまでが米倉に行っちまったもんだから、可哀相《かええそう》だと思って、優しくしてやってたんだ。そんなことを言われたんじゃ、市太や権太《ごんた》が目を剝《む》くぜ」

「ごめん！　そんなつもりで言ったんじゃないんだよ。ただ、良作に何かいつもと変わったところがなかったかと思ってさ……」

おせいが気を兼ねたように言うと、何か心当たりでもあるのか、昇平が、あっと息を呑《の》んだ。

「何か心当たりが？」

「心当たりというか……。そう言われりゃ、中食を済ませた後、何か思い詰めてるようだった。話しかけても上《うわ》の空《そら》だったし、やけに瞑《くれ》ェ顔をしててよ」

「思い詰めていたって……。じゃ、やっぱり、奥川町に戻ったのかもしれない。おまえ、友さんか宰領に断りを入れて、奥川町までひとっ走りして来な。万が一ってことがあると困るから、あたしも女将さんに報告しておくよ」

「へい」

昇平が泣き出しそうな顔をして、見世のほうに戻って行く。

おせいは良作が姿を消したことをお葉の耳に入れておこうと、厨から茶の間に廻ろうとした。

厨では、気配を察したお端下たちが、ひそひそと囁き合っていた。

が、どういうわけか、おちょうだけが我関せずと大根を洗っている。

その姿に、おせいはどこかしら違和感を覚えつつも、茶の間へと入って行った。

お葉は留帳《とめちょう》に目を通していたが、おせいが入って行くと、

「おや、おちょうが帰って来ても、まだ手が足りないかい？」

と言った。

「いえ、手は足りています。足りているのですが、実は……」

おせいが良作の姿が見当たらないことや、中食を済ませた頃から、何やら思い詰めているようだったことなどを報告する。

お葉の頬に、つと翳《かげ》りが過ぎった。

「良作が思い詰めてたって……。何か心当たりはないのかえ？」

「それが、小僧たちには心当たりがないそうで……。それで、もしかすると里心がついて、奥川町の裏店に帰ったんじゃないかと思い、先ほど、昇平を奥川町まで走らせたんですけどね」

「奥川町の裏店にねえ……。そうかもしれない。では、何があったか知らないが、あたしも行ったほうがいいかもしれないね」

「女将さんもですか？」

「そりゃそうだろう？　仮に、良作に思い詰めるようなことがあったのだとしたら、昇平一人に委《まか》せておくわけにはいかないじゃないか」

「それもそうですね」

お葉とおせいがそんな会話をしていたときである。

見世のほうから、正蔵がやって来た。

「正蔵、ちょうど良かった！　良作の姿が見えないんだってね？　昇平が奥川町の裏店まで捜しに行ったそうだが、ちょいと、あたしも行ってみるよ」

お葉がそう言うと、正蔵は慌てて手を振った。

「たった今、米倉から遣いが来たのでやすが、おてるも姿を消したそうでやす。これまで、お町さんに断りもなく、おてるが姿を消すなんてことがなかったもんだから、米倉じゃ大騒ぎで、お町さんが半狂乱になっているそうで……。それで、もしかすると、ここに帰《けえ》ってるのじゃなかろうかと捜しに来たそうでやす」

「おてるも……。それで、米倉からの遣いは？」

「ここにはいねえと知って、帰《けえ》りやした」

お葉は途方に暮れ、おせいと顔を見合わせた。

「良作が奥川町に戻ったのではないとしたら、おてるを訪ねて米倉に行った可能性もあると思っていたんだが、では、二人して姿を晦《くら》ましたってことになるんだね。でも、一体、どこに……。二人が行きそうなところに、誰か心当たりはないのかえ？」

「良作はもうおとっつァんたちの墓に詣ったしな……。それとも、おてるがまだ詣っていなくて、それで、良作もついていったのかも……」

正蔵が蕗味噌《ふきみそ》を嘗《な》めたような顔をして、腕を組む。

「それはないさ！　おてるは断りもなく墓詣りに行くような娘《こ》じゃないよ。お町さんに許しを得て行くに決まってる。そのくらいの分別《ふんべつ》は持っている娘だからさ」

「おっ、昇平が帰《けえ》って来たようですぜ！」

全員が見世のほうに出て行く。

どうやら、昇平は全速力で駆けてきたようで、見世の上がり框《かまち》に両手をつき、ぜいぜいと肩で喘《あえ》いでいる。

「どうした？　いたのか、良作は」

正蔵が訊ねると、昇平は喘ぎながら首を振った。

「いなかったんだな？」

「良作は日々堂に引き取られて以来、一遍《いっぺん》も顔を出していねえそうで……」

お葉の顔が険《けわ》しくなる。

「では、一体、どこに……」

「…………」

「…………」

誰もが言葉を失い、そろりと、互いに顔を窺った。

「こんなことをしちゃいられない。誰か、友七親分を呼んできておくれ！」

お葉の胸がざわりと揺れた。

「弱っちまったぜ。米倉の内儀が取り乱しちまって、手がつけられねえ……。俺が入《いり》船町《ふねちよう》を訪ねると、お冴のように川に落ちたのに違《ちげ》ェねえ、すぐさま、川という川を浚ってくれと、俺の胸倉《むなぐら》を摑んで放さねえんだからよ」

米倉から戻ってきた友七が、苦虫《にがむし》を嚙《か》み潰《つぶ》したような顔をする。

「けど、米倉には、うちの良作もいないことを伝えたんだろ？」

お葉がお茶を淹れながら言う。

「ああ、伝えたさ。すると、内儀が言うことにゃ、やはり、七夕でおてるを帰らせるんじゃなかった、きっとあのとき、姉弟で示し合わせ、それで、同時に姿を消したに違《ちげ》ェねえと、こう来る始末でよ」

「あのとき示し合わせたって、てんごうを！　あのとき、良作は久し振りにおてるに逢えて悦びはしたが、翌日からは、別に変わった素振《そぶ》りを見せなかったんだよ。今日だって、中食を食べるまでは普通だったんだ。思い詰めたような顔をしたのは、それから後のことだからね」

「ああ、米倉の旦那も、おてるに変わったところはなかったと言ってたよ」

「おてるも姿を消すまでは、変わったところがなかったということは、何かが原因で良作が思い詰め、それで、米倉を訪ねておてるを誘い出した……。ねっ、そうとしか考えられないだろ？」

「ああ、おそらく、そうだろうな。ところがよ、米倉では、良作がおてるを誘い出したところを誰も見ちゃいねえ……。それで、もうひとつ、俺にも確信が持てなくてよ」

「嫌だ！　もう六ツ半（午後七時）を過ぎてるじゃないか。こんな時刻になっても行《ゆく》方《え》が判らないなんて……。まさか、お町さんが言うように、川に落ちたか、子攫《こさら》いに連れて行かれたんじゃあるまいね。ああ、鶴亀《つるかめ》鶴亀！　なんて、縁起でもないことを考えちまったのだろうか……」

お葉が身震いする。

そこに、手分けをして二人を捜しに出ていた、店衆が次々に戻ってくる。

「二十間川《にじっけんがわ》付近にはいやせんぜ」

「あっしは仙台堀《せんだいぼり》より北を捜しやしたが、どこにも……」

六助と与一である。

「油堀《あぶらぼり》や大川端《おおかわばた》にも、それらしき子供はいなかったぜ」

「おいらは八幡宮《はちまんぐう》の境内や冬木町《ふゆきちょう》界隈を捜したんだけど、こんなに薄暗くなっちまったんじゃや、もう捜せっこねえ……」

小僧たちが半べそをかいている。

「ご苦労だったね。おまえたち、空腹《からはら》だろ？　もういいから、夜食を食べな」

お葉が一人一人に犒《ねぎら》いの言葉をかけて廻る。

店衆はぞろぞろと食間《しょくま》に入って行った。

そのときである。

おはまが水口から厨に駆け込んで来た。

「おちょう！　おまえって娘《こ》は、なんて娘なんだえ！」

おはまは甲張ったように鳴り立てると、いきなり、おちょうの頬を平手で打った。

「あっ、何すんのさ……」

おちょうが手で頰を押さえ、驚いたように、おはまを睨みつける。

「なんでぶたれたのか、胸に手を当てて考えてみな！」

お葉は挙措を失い、狼狽《うろた》えたように間に割って入った。

「おはま、一体どうしたってのさ！」

「どうしたもこうしたもないさ。この莫迦娘が！　言ってよいことと悪いことの区別がつかないんだからさ！」

おはまはそう言うと、水口の外に声をかけた。

「おてる、良作、いいから、お入り！」

おてるだって！　えっ、良作……。

厨にいた全員の目が、水口に注《そそ》がれた。

おてるが良作の背中を押すようにして、入って来る。

「まあ、おてる、良作！　おまえたち、どこに行ってたのさ」

お葉がおてるの傍に寄って行き、手を握り締《し》める。

「ごめんなさい……」

「誰にも言わずに出て行くもんだから、心配したんだよ。でも、良かった！　こうして、無事に帰って来てくれたんだもんね。さあさ、話は後だ。とにかく、お上がり」

お葉がおてると良作を両脇に抱えるようにして、茶の間に入って行く。

おはまも膨れっ面《つら》をしたおちょうを小突《こづ》くようにして、後に続いた。

「それで、一体、何があったのさ」

「それが……。あたしが海蔵寺のお詣りを済ませて、行合橋《ゆきあいばし》で辻駕籠に乗ろうとしたら、本陣《ほんじん》のほうから、どこかで見たような子が二人、歩いて来るじゃないか。えっと、思わず、目を疑っちまってさ。見たようなも何も、おてると良作なんだよ。狐につままれるとは、まさにこのことでさ……。この子たち、子供の脚で深川から品川宿まで歩いてきたというじゃないか。心細いうえに、腹もひだるかった（空《す》いていた）んだろうね。あたしの顔を見ると、ワッと泣きながら縋りついてきてさ……。それで、近くの立場茶屋《たてばぢゃや》に連れて行き話を聞いたんだけど、この子たち、おっかさんの墓に詣ろうとしてたんだってさ……」

おはまが太息を吐く。

えっ、お葉は息を呑んだ。

母親の墓詣りとは……、では……。

おはまが頷く。

「おちょうのこのうんつく（莫迦）が！　良作に、お盆なのに、おっかさんの墓に詣らなくていいのかえって、言ったんだとさ！　良作は、おっかさんは死んじゃいねえ、品川宿で働いてるんだ、と答えたそうだよ。それを、おちょうの奴が、おっかさんは足抜けしようとして捕まり、折檻された末、舌を噛みきって自害したと、ぺらぺら、ぺらぺら、喋《しゃべ》っちまったんだとさ。しかも、ご丁寧《ていねい》にも、投込寺《なげこみでら》に葬られたことまで教えたそうでさ……。年端のいかない良作に、そんなことを言えばどうなるかくらい解っていそうなものを、なんて莫迦な娘なんだい！」

まあ……、とお葉は眉根を寄せ、おてると良作を窺った。

おそらく、良作はおちょうから母親が亡くなったことを聞かされ、どうしてよいのか分からなくなったのであろう。

それで、子供心にも思い倦《あぐ》ね、姉のおてるに相談した……。

可哀相に、おまえたち、そんな想いをしていたとは……。

お葉の胸に熱いものが衝《つ》き上げてくる。

おてるは項垂《うなだ》れたまま、膝《ひざ》の上で掌《てのひら》を握り締めていた。

「そりゃさ、あたしも悪かったよ。おちょうにおてるたちの母親が舌を噛みきって自害したことまで話さなきゃよかったんだ……。けど、おちょうを連れて箕輪から品川宿に廻るつもりだったんだろ？　それで、何故おてるの母親が投込寺に葬られているのか、とおちょうに訊かれたもんだから、つい、喋っちまってさ……。けど、まさか、この莫迦が、十歳の良作を摑まえて、そんなことまで喋るとは思わなかったよ。この子たちが本当のことを知ればどれだけ疵つくかってことが、二十一にもなって、解らないなんてさ！　可哀相に……。おてるも良作も、おっかさんの死を自分なりに納得するために、何がなんでも、墓に詣らなくてはと思ったそうでさ……。行合橋で偶然あたしに出会したからいいようなものの、あたしに逢わなかったら、どうなったと思う？　金も持たず、夜が更《ふ》けてきて、深川に帰ろうたって、そうはいかなくなるんだからさ」

「ごめんなさい……。けど、あたし、悪気があったわけじゃないんだよ。良作がおとっつァんや弟の墓に詣ったから、今宵は、送り火を焚《た》いて二人を送ってやるんだ、と言ったもんだから、だったら、おっかさんの御霊《みたま》も送ってやらなきゃならない、おっかさんの死に方は尋常じゃなかったんだから、格別、心を込めて送ってやらなきゃねって、そう言ったんだよ。まさか、良作がおてるちゃんに言うとは思わなかったし、二人が品川宿まで行くなんて思いもしなかった……。ごめんなさい」

おちょうが潮垂れ、上目遣《うわめづか》いにおてるを見る。

おてるは、ううん、と首を振った。

「あたし、本当のことを知って良かった……。だって、知らないままだと、おっかさんは生きているものと信じ、新盆のお詣りをしてあげることが出来なかったけど、おはまおばちゃんにおっかさんの墓に連れて行ってもらえたし、あたしや良作が現在《いま》どんな暮らしをしているのか、ちゃんと報告をすることが出来たんだもの……。それに、知らないままだと、これから先もずっと、いつか必ず、おっかさんがあたしたちを迎えに来てくれると待ち続けていた……」

なんと、おてるは気丈《きじょう》で、賢い娘であろうか……。

子供なりに、心の中で、母の死に折り合いをつけているのである。

が、良作はと見ると、肩を顫《ふる》わせ、しゃくり上げている。

おてるが良作の肩を引き寄せ、そっと背中をさすってやる。

「泣くんじゃないの。いいね、泣いたって、おっかさんは二度と戻って来ないんだ。それより、送り火を焚いて上げようよ。それから、ねえちゃんは米倉に戻るから、おまえは店衆の一人一人に頭を下げて、心配をかけたことを謝るんだよ。日々堂で可愛がってもらうんだ。良作は独りじゃないんだよ。こんなに多くの家族がいるんだもん……。我勢《がせい》して（まじめに頑張って）、一日も早く、一人前の町小使になるんだ。それが、おとっつァんやおっかさんを悦ばせることになるんだからさ」

「うん、謝る……。おいら、我勢《うず》する。一日も早く、一人前の町小使になる……」

良作がおてるの胸に顔を埋め、うんうんと頷く。

「そうだよ。ねえちゃんも米倉で可愛がってもらえるように、我勢するからさ」

おてるの目に、涙が溢れた。

そして、涙はつっと頬を伝うと、良作の芥子坊頭《けしぼうあたま》にぽとりと落ちた。

お葉も目頭を押さえたが、はっと衝き上げる涙を払い、正蔵を振り返った。

「誰か、米倉に遣いに走っとくれ！　おてるが見つかったことを知らせ、後から、男衆に送って行かせるからと、そう伝えておくれでないか」

正蔵がにたりと笑う。

「もうとっくに知らせやした」

「そうかえ。じゃ、庭に出て、送り火を焚こうか？　そうだ、お腹は？　何か食べなくてもいいのかえ？」

「いえ、この子たちには品川宿で食べさせましたから……。そうだ、おちょう、握り飯でも作っておくれ！　小腹《こばら》が空いたときに摘《つま》めるようにね」

おはまの顔は、罪滅ぼしにそのくらいのことをしてもいいだろう、と言いたげであった。

おちょうがぺろりと舌を出し、厨に立つ。

お葉はおやっと目を凝《こ》らした。

開け放たれた連子窓《れんじまど》から入ったのか、蚊蜻蛉《かとんぼ》が一匹、行灯《あんどん》の灯《ひ》に誘われ、ゆるゆると彷徨《さまよ》っているではないか……。

ががんぼである。

やたら長くて細い脚を持つ、ががんぼ……。

その緩慢《かんまん》な動きは見るからに弱々しく、どこか空惚《そらとぼ》けていて、ゆるゆる、ふわふわ、宙を漂う儚《はかな》げな肢体《したい》……。

お葉はががんぼの中に亡者《もうじゃ》の魂《たましい》を見たように思い、憑《つ》かれたように、その動きに目を奪われた。

そうして、口の中でぽつりと呟く。

甚さん、あっち、おまえに、あ・い・た・い……。

なごり月

「またまた、望月《もちづき》さま、無茶を言ってもらっちゃ困りやす。用心棒の口なんて、そうそうあるものではありやせんからね」

正蔵が台帳を捲《めく》りながら、蕗味噌《ふきみそ》を嘗《な》めたような顔をする。

「ならば、それがしに見合った仕事なら、なんでもよいぞ」

「なんでもよいと言われましても、河川《かせん》や港湾の荷役《にやく》仕事は嫌だとおっしゃる……。望月さまの歳《とし》になれば、いまさらお店《たな》奉公とはいきやせんからね」

「解《わか》っておる。解っておるから、皆まで言うな！　それがしも同居していた女《おな》ごに愛想尽《あいそづ》かしされてからというもの、店賃《たなちん》が払えぬどころか、食うにも事欠く始末で、不勝手《ふかって》（生活困難）なことこのうえないのよ。おっ、居職《いじょく》でも構わぬぞ！　傘張《かさは》り、風車《かざぐるま》、紙風船と、なんでも作るぞ」

揉《も》み上げから顎《あご》にかけて、見臭《みぐさ》いほどに無精髭《ぶしょうひげ》を蓄《たくわ》えた望月要三郎《ようざぶろう》が、猿眼《さるまなこ》をひたと正蔵に向ける。

「望月さま、何度言えばお解りになります？　そういった居職の手間賃仕事は、直接、お店に掛け合っていただかないと……。口入屋《くちいれや》は飽《あ》くまでもお店に奉公人を斡旋《あっせん》したり、武家屋敷に中間《ちゅうげん》や久助《きゅうすけ》（下男）、お末《すえ》（下女）といった手廻《てまわり》（武家の下僕）の斡旋、はたまた、河川や港湾の荷役に人足を送り込むのが仕事でやすからね」

「そうだ！　代筆の仕事はないか？　便り屋なのだから、そういった仕事があるのではないか？」

「いえ、うちでは代筆をお願いする方はすでに決めておりやすんで……」

正蔵がそう言うと、大柄な望月は気の毒なほどに肩を丸め、潮垂《しおた》れた。

「そうか……。手が足りているということなんだな。だが、考え直してみるつもりはないか？　こう見えて、それがしは手に覚えがあるのでな。どうだ、割り込む余地はないかのっ？」

「そういわれましても……。うちには戸田さまがいらっしゃいますので、割り込む余地はないかと……」

「戸田？　戸田といえば、松井町の川添道場で師範代の次に腕が立つという、あの戸田龍之介のことか？　なんと、戸田は道場での稼《かせ》ぎばかりか、日々堂で筆耕《ひっこう》までしておるのか……」

望月が口惜《くちお》しそうに歯噛《はが》みする。

「ええ。けれども、道場では手当をいただいておられませんので、やはり、うちの仕事が必要かと……」

正蔵がいい加減うんざりとした顔をする。

それもそのはず、菊月《きくづき》(九月)に入ると、便り屋の他に口入業も熟《こな》す日々堂では、九月五日の出替《でがわり》前になんとか登録を済ませておこうという人々が引きも切らずにやって来て、現在《いま》も、望月の背後には順番待ちの列が出来ている。

正蔵はこれみよがしに望月の背後を窺《うかが》うと、咳《しわぶき》を打った。

望月が尻毛《しりげ》を抜かれたような顔をする。

「では、確かに、望月さまの要望は書き留めておきましたんで、何かあれば、連絡いたします」

「おぬし、確か、春の出替にもそう言ったが、連絡などなかったではないか!」

「ですから、それは前にも申しましたように、望月さまに見合った仕事がなかったからではありませんか」

「だから、なんでもすると言っておるではないか! もうよい! 日々堂で代筆の仕事をくれぬというのであれば、半月前に出来た便利堂《べんりどう》を当たってみるまでだ！」

正蔵の筆を持つ手が、ぎくりと止まる。

そうして、訝《いぶか》しそうに顔を上げると、望月に目を据《す》えた。

「便利堂と申しますと？」

「おぬし、知らぬのか？　海辺大工町《うみべだいくちょう》に新規の便り屋が出来たのを……。確か、日《に》本橋葭町《ほんばしよしちょう》の山源《やまげん》にいた男が、暖簾《のれん》分けをしてもらったとか……。ほう、日々堂がそれを知らぬとはのっ」

望月は鬼の首でも取ったかのように、ほくそ笑《え》んだ。

「山源にいた男とは……。望月さま、その男の名前を知っていなさいます？」

「それがしが知るわけがない！　ははァ、さては、近場に商売敵《がたき》が出来たと思い、肝《きも》を冷やしておるな？」

「まさか……。便り屋も口入屋も、お客さまとの信頼関係で成り立っているようなものです。あたくしどもはこれまで築いてきたお得意さまを大切に思っていくだけのことで、肝を冷やすなどと、ご冗談を！」

極力、正蔵は平静を保とうとしたが、胸の内では、大風が吹いていた。

飛脚《ひきやく》問屋の総元締《そうもとじめ》山源とは、大川を挟《はさ》んで、縄張《なわば》りを東と西に分けることで話がついている。

つまり、本所、深川、向島《むこうじま》の集配を日々堂が束《たば》ねるが、その代わりに、ちりんちりんの町小使《まちこづかい》（飛脚）に徹し、定飛脚《じようびきやく》や金飛脚《かねびきやく》には参入しないことで、山源に義理を立ててきたつもりなのである。

それは、暗黙のうちに、山源が大川より東に手を出さないということでもあった。

それなのに、日々堂にひと言の断りもなく……。

「では、この脚《あし》で、それがしは便利堂に廻《まわ》るとするか」

望月がのそりと立ち上がる。

「さようにございますか。代筆の仕事が貰《もら》えると、よろしゅうございますな」

わざと、正蔵は木で鼻を括《くく》ったような言い方をした。

望月が太り肉《じし》の身体《からだ》を揺《ゆ》するようにして、出て行く。

すると、順番待ちをしていた、草治《そうじ》という男がすっと帳場に寄って来る。

「なんでェ、あのいけ好かねえ野郎は！　大きな形《なり》をして、いっぱしにお武家面《ぶけづら》をしていやがるが、ヘン、腰のやっとうは飾り物なんだってよ！　こっちのほうはからきし駄目ときて、女ごに稼《かせ》がせ、これまで紐《ひも》まがいなことをしてきたというから、愛想尽かしをされたって無理はねえや！」

草治が鼻の頭に皺《しわ》を寄せ、憎体口《にくていぐち》を叩《たた》く。

「草治、おめえは海辺大工町に便利堂という便り屋が出来たのを知っているか？」

「いや、知らねえ。仮に、知っていたところで、誰がそんなところに行こうかよ！宰領《さいりょう》が言いなすったように、便り屋、口入屋ってェのは、見世《みせ》と客の信頼関係のうえに成り立っているもんだからよ。俺《おり》ャ、滅法界《めっぽうかい》、先代の旦那に世話になったからよ。この先、何軒出来ようが、日々堂に後足で砂をかけるような真似《まね》は出来ねえ……」

「そうかえ。それを聞いたら、亡くなった旦那はもちろんのこと、女将《おかみ》さんもお悦《よろこ》びになるだろうよ。ところで、腰の具合はもうすっかりいいのかえ？」

「へえ、お陰さんで……。現在《いま》じゃ、倅《せがれ》と駆けっこが出来るくれェに治りやした。嬶《かかあ》に永《なげ》ェこと苦労かけたことでもあるし、それで、そろそろ仕事に復帰してェと思いやして……」

「そうか、それは良かった。ちょうど、おまえが先《せん》にいた井澤屋《いざわや》から薬種の調剤が出来る者をと依頼が来ているが、どうだ、戻ってみるか？　井澤屋にしても、気心の知れたおめえなら、異存はねえだろうしさ」

「有難山《ありがたやま》の時鳥《ほととぎす》！　俺ャ、なんて運の良い男だろ」

「では、請人《うけにん》はこれまで通り、大屋の庄兵衛《しようべえ》さんということで書類を作っておくので、井澤屋に行く前に寄るといい」

「へい」

「では、次……。おう、みすずじゃねえか！」

草治の背後からそっと顔を出した娘を見て、正蔵が驚いたように目を瞬《しばたた》く。

みすずと呼ばれた娘は、おずおずと顔を上げ、慌《あわ》てて、また俯《うつむ》いた。

「おめえが奉公を？　だが、おめえが家を空《あ》けたんじゃ、病《やまい》のおっかさんの面倒は誰が見る……。それで、これまでも、裏店《うらだな》で出来る手間賃仕事や、子守、使いっ走りとやってきたんじゃねえか」

「けど、それだけじゃ足《た》りないの。おっかさんの薬料《やくりよう》が払えなくって……。ううん、店賃だって、もう三月《みつき》も溜《た》まってる……。このままだと、病のおっかさんが裏店から追い出されちまうの。だから、通いでも構わない料理屋か居酒屋の下働きが出来たらと思って……。お金になるのなら、水茶屋だって構わない。昼間だけなら、隣《となり》のおばちゃんがおっかさんの面倒を見てくれるし、夜は夜で、手間賃仕事が出来るから……」

みすずがくぐもった声を出す。

「水茶屋だなんて、てんごうを！　おめえ、水茶屋が何をするところか知っているのか？　確かに、真っ当な水茶屋もあるにはあるが、大《てえ》した手当は貰えねえ。おめえのいう、金になる水茶屋とは、茶汲女《ちゃくみおんな》が春を鬻《ひさ》ぐってことなんだぜ。それに、料理屋の下働きをしながら、手間賃仕事とは……。そんなに夜の目も見ずに働いたんじゃ、今度は、おめえまでが病気になっちまう！　まっ、女将さんに相談してみるが、おそらく、良い返事はなさらねえだろう。ところで、どうして金が廻らなくなった？　これまでは、おめえの稼ぎで、薬料や店賃が賄《まかな》えていたんだろう？　それが突然、手《て》許《もと》不如意《ふにょい》になるとは、どう考えても、妙じゃねえか」

　正蔵に睨《ね》めつけられ、みすずはますます潮垂れた。

「怒ってるんじゃねえから、言ってみな。言わなきゃ、これからおめえをどうしたらいいのか、俺たちも判《わか》らねえんだからよ」

「…………」

「どうした？」

「おとっつァんが八丈《はちじょう》島に遠島《えんとう》になる前に借金をしてたんだって……」

「なんだって！　伊佐治《いさじ》が借金をしてただって？　誰でェ、そんなほてくろしい（太々《ふてぶて》しい）ことを言ってるのは！」

「豆太《まめた》という男です」

「豆太？　あの太鼓持《たいこも》ちの！」

正蔵は開いた口が塞《ふさ》がらないといった顔をした。

そもそも、瓦《かわら》職人の伊佐治が遠島となったのは、豆太のせいといってもよい。

三年前のことである。

棒鱈《ぼうだら》（酩酊《めいてい》状態）となった豆太が町娘に絡《から》み、力尽くで出逢《であい》茶屋に引きずり込もうとしたところに、たまたま通りすがった伊佐治が止めに入り、揉み合いの末、豆太が振り回した匕首《あいくち》で、逆に、豆太の腹を刺してしまった。

幸い、豆太は生命《いのち》に別状なかったが、この日、伊佐治は棟上《むねあ》げの祝酒《いわいざけ》でほろ酔い気分とあり、どうやら周囲《まわり》の目には、糟喰《かすくらい》（酒飲み）の女ごを巡る喧嘩沙汰《けんかざた》と映《うつ》ってしまったようで、豆太を刺した伊佐治だけがお咎《とが》めを受けることとなったのである。

というのも、二人の揉み合いが始まると、肝心《かんじん》の町娘が恐れをなして姿を消してしまい、娘を助けるためだったという伊佐治の供述を肯定する者がいなかったからである。

「冗談じゃねえや！　あの野郎、女連れの俺をやっかみやがったのよ。いきなり因縁《いんねん》をつけてきたかと思うと、有無《うむ》を言わさず、匕首でぶすり……。鶴亀《つるかめ》鶴亀！　ああいった輩《やから》を野放しにするなんて、おっかなくて、まともに往来を歩けやしねえ！」

お白洲《しらす》で、豆太はあたかも自分が被害者であるかのように訴えた。

豆太は男芸者と呼ばれる、太鼓持ちである。

口綺麗《くちぎれい》（綺麗事）だけは、誰にも引けを取らない。

片や、伊佐治はといえば、元来寡黙《かもく》なうえに、証言してくれる娘も姿を晦《くら》ませてしまい、結句、喧嘩両成敗《りようせいばい》であるべきところが、伊佐治だけが八丈島に遠島となってしまったのである。

伊佐治を冬木町の瓦職黒一《くろいち》に斡旋したのは、日々堂である。

当時まだ息災だった甚三郎は、いかになんでも遠島とは科刑《かけい》が重すぎるとすぐさま奉行所に直訴《じきそ》した。

が、終《つい》しか、聞き届けてもらうことが出来ず、伊佐治は流人《るにん》となってしまったのである。

「俺《おり》ャ、伊佐治の言葉を信じるぜ」

「さいですね。あの男に限って、他人《ひと》の女ごに手を出すなんてこたァありやせんからね」

「だが、肝心の娘っこが姿を現さねえんじゃ、ただの抗弁としか思ってもらえねえからよ」

「残されたかみさんは胸を病《や》んでの長患《ながわずら》いだ。娘のみすずも十二歳になったばかりで、これから先の生活《たっき》を思うと、一体《いってえ》、どうしたものかと……」

「病の母親を抱えていたのでは、みすずを奉公に出すわけにもいかねえしよ。居職で出来る手間賃仕事を宛《あて》がってやり、先行きの目処《めど》がつくまで、店賃の面倒はうちでみてやるより仕方があるめえ」

甚三郎と正蔵は、そんなふうに話していたのである。

ところが、当時、十二歳になったばかりのみすずは、日々堂が店賃の肩代わりすることを、頑《かたく》なに拒《こば》んだ。

店賃や母親の薬料は、手間賃仕事や子守、使いっ走りなどをして、なんとか自分で稼ぐというのである。

「他人《ひと》さまを頼るんじゃねえ、頼るのは、いよいよ二進《にっち》も三進《さっち》もいかなくなったときだけだ、決して、自分を甘えさせることなく、辛抱《しんぼう》の棒が大事と我勢《がせい》する（まじめに頑張る）んだ、稼ぐに追いつく貧乏なし……。そんなふうに、おとっつァんから言われていますから……。それに、あたし、もう十二歳だもん。おとっつァんが御赦免《ごしゃめん》になって帰って来るまで、あたしの力でおっかさんを護《まも》ります」

気丈にも、みすずはそう言いきったのだった。

あれから三年……。

正蔵、おはま夫婦も、時折、みすずの裏店に見世の賄いのお裾《すそ》分《わ》けを運んだり、何くれとなく面倒を見てきた。

「決して、恵《す》んでもらってるなんて思うんじゃないよ。なに、賄いを多く作りすぎちまってさ。助けると思って食べておくれ」

「長持《ながもち》の中を整理してたらさ、ほら、おちょうの娘時代の単衣《ひとえ》が出てきてさ。ちょうど、みすずちゃんにぴったりだと思い、持って来たよ。古手屋《ふるてや》に売ったところで、二《に》束三文《そくさんもん》だからさ！　お古で悪いけど、着てやっておくれ」

おはまは、頑なになった他人《ひと》の心を解《ほぐ》すことに長《た》けている。

みすずも次第に心を開き、おはまの厚意を快《こころよ》く受けてくれるようになったのだった。

ずである。
どだい、伊佐治と豆太は三年前のあの事件で初めて出逢い、他には、接点がないは
それなのに、現在《いま》になって、なぜ豆太が……。
い。
それゆえ、正蔵には、伊佐治が豆太に借金をしているとはどう考えても信じられな

正蔵はみすずを瞠《みつ》めた。

「借金たァ、そいつァ聞き捨てならねえな。豆太はおとっつァんに幾《いく》ら金を貸したと言っていた？」

「丁銀《ちょうぎん》一枚だって……」

「丁銀一枚《めえ》だって！」

正蔵は息を呑《の》んだ。

丁銀とは、豆板銀《まめいたぎん》六十匁《もんめ》に匹敵《ひってき》し、小判一枚に換算される。

銭《ぜに》にすれば、十貫文《じっかんもん》（一万文）……。

みすず母娘《おやこ》が住む棟割《むねわり》長屋の店賃がおよそ五百文であるから、その二十倍に当たる丁銀一枚など、とてものこと、その日暮らしのみすずが払える額ではない。

「けどよ、豆太が伊佐さんに金を貸したとは、どう考えても、眉唾《まゆつば》もいいところ

……。いつ、なんのために貸したと言っていた？」

正蔵がそう言うと、みすずは首を振った。

「なに、理由も言わずに、ただ返《けえ》せってか！　じゃ、証文があるわけじゃねえんだな？」

「………」

「だったら、払うこたァねえ！　そんなもの、うっちゃっとけばいいのよ。なに？　もう払ったのか？」

「うちにはそんな大金があるわけがないって言うと、そんなこたァ解ってる、一遍に返《けえ》せと言ってるわけじゃねえんだ、現在《いま》あるだけでもいいからよって……。ちょうど店賃を払おうと持ってた五百文を、豆太さんが奪い取って帰ったの。そんなことが何度か続いたもんだから、店賃もおっかさんの薬料も払えなくなって……。こんなことをしてたんじゃ、今に裏店から追い出されちまう……」

みすずが泣き出しそうな顔をする。

正蔵は業《ごう》が煮《に》え、思い切り文机《ふづくえ》を叩《たた》いた。

「よし、解った。豆太の件は、女将さんと相談して対処しよう。だからよ、おめえは気を揉むんじゃねえ。二度と、病のおっかさんを放って、水茶屋で働こうなんて思うんじゃねえぞ！」

「はい」

みすずは素直に頷《うなず》いた。

みすずが帰った後、正蔵は順番待ちの客に、済まねえが午前の聞き取りはこれで終《しめ》ェだ、後は八ツ（午後二時）からってことで勘弁してくんな、と頭を下げて茶の間へと廻った。

茶の間では、お葉が太物《ふともの》商結城屋《ゆうきや》の番頭と話し込んでいた。

「おや、見世はどうした？　まだ昼前だというのに、もう皆（仕舞い）にするつもりかえ」

お葉が訝しそうな顔をする。

「いや、ちょいと女将さんに話がありやして……」

正蔵が気を兼ねたように、結城屋の番頭を窺う。

「あっ、そういうことなら、あたしはそろそろお暇《いとま》しやしょう」

「これ、正蔵！　お客さまを追い立てるようなことをするもんじゃない！」

お葉がきっと目で制す。

「いえ、てまえどもの用はもう済みやしたんで……」

「解りました。では、この期《き》の出替は、勝手方がお端下《はした》二名、子守一名。店衆《たなし》では、小僧を二名、下男一名……。これでようござんすね？」

「ええ。いずれも、年季は二年……。これまでは三年でしたが、お孝《たか》のことがあったものですから、年季を二年に直し、性根《しょうね》がよくて、本当に使える者だけを更新していくほうがよい、と旦那が言われやしてね」

「あい済みませんでしたね。お孝がそんな娘だったとは……。まあ、結城屋さんもひと言言って下さればよかったのに……。なに、年季が明けていなくても、暇《ひま》を出そうと思えば出せたんですよ。次からは、何かあれば、すぐさま言って下さいましね。お気に召さない奉公人を斡旋したとあっては、日々堂の沽券《こけん》が下がりますからね」

「では、そういたしましょう。それじゃ、あたしはこれで……」

結城屋の番頭が、正蔵に会釈《えしゃく》をして立ち上がる。

「お孝のこととは、一体《いってえ》……」

結城屋の番頭が出て行くと、正蔵が気遣《きづか》わしそうに訊《たず》ねる。

「三年前に斡旋した、お端下のお孝のことなんだけどさ。結城屋に入った当初は猫を被《かぶ》ってたんだろうが、二年目に入った頃から、やたら、男衆にじょなめくようになったそうでさ。お孝って、ぼっとりとした、ちょいとした小色《こいろ》な女ごだろ？　お孝に汐《しお》の目を送られ、男衆の臀《しり》がやたら落着かないそうでさ……。しかも、抜け駆けの功名を狙《ねら》って手代たちの間に剣呑《けんのん》な空気が漂う始末で、一触即発《いっしょくそくはつ》の状態に番頭も困ったそうでさ。それで、結城屋じゃ堪忍袋《かんにんぶくろ》の緒《お》が切れて、暇を出そうとした……。ところが、お孝って女ごが強《したた》かな女でさ。年季は三年じゃないかと開き直ったというのさ。結城屋じゃ、ごたごたするのに閉口し、なら、年季が明けるまでは大人しくしてるんだなと引導を渡し、今日まで目を瞑《つぶ》ってきたというのよ」

お葉が太息《ふといき》を吐《つ》く。

「それで、これからは二年の年季にすると?」

「そういうことだ。あたしも赤っ恥をかいちまったよ。お孝のような女ごは、お店奉公ではなくて、遊里にでも行くべきだったんだよ。それで、おまえの用とは?」

お葉が煙草盆《たばこぼん》を引き寄せ、煙管《キセル》に薄舞《うすまい》を詰める。

「権兵衛店《ごんべえだな》の、みすずのことなんでやすがね……」

「みすず？　えっ、では、おっかさんの按配《あんばい》が悪いとでも?」

お葉が煙管に火を点《つ》け、長々と煙を吐く。

正蔵は秘密事でも打ち明けるかのように、ひと膝《ひざ》、長火鉢のほうに躙《にじ》り寄った。

「なんだって！」

正蔵の話を聞き、お葉は柳眉《りゅうび》を逆立《さかだ》てた。

「豆太の奴、そんな寝惚《ねぼ》けたことを言ってるのかえ？　豆太が伊佐治に金を貸しただなんて、万八《まんぱち》（嘘）もいいところ！　第一、あの事件があるまで、豆太と伊佐治は顔見知りでもなんでもなかったんだよ。たまたま二人とも酒を食らっていて、地娘《じむすめ》を巡っての喧嘩となったんじゃないか。伊佐治が豆太に金を借りなきゃならない道理がどこにあるってェのさ！　あっ……」

お葉は突然何かを思い出したとみえ、呆然《ぼうぜん》と正蔵に目をやった。

「あの野郎、喧嘩による傷害を受けた者は、傷の大小にかかわらず、怪我《けが》を負《お》わせた者から治療代として丁銀一枚が支払われるという御定書《おさだめがき》を楯《たて》に……。それで、そんなことを言ってやがるんだ！」

「へえェ、そんな御定書が……。けど、それなら、なぜ怪我をしたときに言わず、今頃になって……」

正蔵が喉《のど》に小骨が刺さったかのような顔をする。

「大方、今頃になって、豆太に知恵をつけた者がいるのだろうさ！　あの抜作《ぬけさく》が！　何が治療代だえ！　てめえが撒《ま》いた種だというのにさ。あの事件があったとき、あたしはまだ辰巳芸者《たつみげいしゃ》としてお座敷に上がっていたからね。太鼓持ちの豆太とは軽口を叩く間柄だった……。それで、そのときは豆太の言い分を鵜呑《うの》みにしたんだけど、旦那と一緒になって初めて解ったが、あれは何もかも豆太が原因だというじゃないか！　あいつ、酔うと、見境《みさかい》もなく女ごに手を出す悪い癖があってさ。其者《それしゃ》（玄人《くろうと》）であろうと地娘であろうと、片っ端から手を出しては、大概《たいがい》が、すんでの所で逃げられる……。ところが、あのときの豆太の話じゃ、地娘とは話がついていて、二人が手に手を取り合い出逢茶屋に入ろうとしていたところに、いきなり、伊佐治に因縁をつけられたと……。フン、なんてことなんだえ！　束《つか》の間《ま》にせよ、あたしゃ、豆太の言葉を信じたんだからさ！　後で、旦那から言われちまったよ。日頃の豆太を見れば、伊佐治と豆太のどちらが信じられるか判りそうなものだとね……。けど、悔しいかな、お上《かみ》は口鉾《くちぼこ》の豆太の言葉しか信じなかった。旦那も気落ちしちまってさ……。こうなりゃ、伊佐治が助けた娘が名乗り出て真実を話さない限り、お沙汰は覆《くつがえ》せねえだろうって嘆《なげ》いてさ。だから、あたしゃ、てめえのやりくじり（失敗）を伊佐治に擦《なす》りつけた、豆太がどうしても許せないんだよ！　あんな奴、いっそのやけ、あのときくたばっちまえばよかったんだ……。だから、そんな男に治療代なんて払う必要はないんだよ。可哀相《かわいそう》に、みすず……。小娘を摑《つか》まえて、何が治療代だよ！　みすずが身を粉《こ》にして働いた金を、根こそぎかっ攫《さら》っていくなんてさ……。それで、みすずはいくら脅《おど》し取られたんだえ？」

「さあて……。店賃を三月《みつき》溜めているとか言ってやしたんで、店賃が五百文として、千五百文……。あの母娘《おやこ》からみれば、大金でやすぜ」

「いいや、よいてや！　あたしが取り戻してやろうじゃないか。四の五の文句は言わせやしない。二度と、みすずには近寄らないように釘を刺し、あの一家をここまで窮地《きゅうち》に追い込んだことへの責任を取れと、脅しつけてやろうじゃないか！」

「それと、もう一つ……」

正蔵が言い辛《づら》そうに、言葉を濁《にご》す。

お葉は、うん？　と目を返した。

「今し方、望月というご浪人から聞いたのでやすが、半月前《めえ》、海辺大工町に便利堂とかいう便り屋が新規開店したそうで……。女将さん知ってやしたか？　知るわけがないですよね。それが、驚くなかれ、山源にいた男が、暖簾分けをしてもらったというではないですか」

「便利堂だって？　山源が暖簾分けをしただって？　まさか、そんなことがあるわけがない！」

お葉が甲張《かんば》った声を張り上げる。

その声に、厨《くりや》からおはまが驚いたように飛び出して来る。

「女将さん、どうしました！」

「ああ、おはま……。聞いとくれよ。山源にいた男が暖簾分けをしてもらい、海辺大工町に便利堂という便り屋を出したんだってさ！」

「えっ、まさか……」

おはまも絶句し、本当なのか、と正蔵に目で訊ねる。

「今し方、俺も聞いたばかりでよ」

「一体、誰から聞いたのさ」

「出替の登録に来た、ご浪人からだがよ……。代筆の仕事はねえかと訊《き》くもんだから、うちには戸田さまがいるんで無理だというと、なら、半月前《めえ》に出来た便利堂を当たってみると言って、帰《けえ》ったんだがよ」

「その話、信用できるのかえ？　だって、うちの町小使はのべつ幕なし深川を駆け回ってるんだよ。新規に便り屋が出来たのなら、当然、店衆の耳に入っていてもいいじやないか！　だから、その話は眉唾物……。その男、おまえさんに代筆の口を断られたもんだから、腹いせのつもりで、万八を言ったに違いないんだ！　この頃うち、ご浪人の質も落ちたもんだよ！　先《せん》には、武士は食わねど高楊枝《たかようじ》ってところがあったけど、現在《いま》じゃ、気骨のあるご浪人といえば、戸田さまくらいのもんだからさ！」

おはまが大仰《おおぎよう》に眉根《まゆね》を寄せる。

「正蔵、現在《いま》、見世に誰がいる？　誰でもいいから、呼んで来な！」

お葉が気を苛《いら》ったように、鳴り立てる。

「まったく、なんだっていいうんだろうね。出替を控《ひか》えて猫の手も借りたいほど忙しいときに、豆太のへちむくり（莫迦《ばか》野郎）に続いて、便利堂ときた……。ああ、旦那、黙って見ていないで、あたしに力を貸しておくんなさいまし……」

お葉が仏壇に向かって手を合わせる。

「豆太のことって……」

おはまが訝しそうな顔をする。

「ああ、権兵衛店のみすずのことなんだけどさ」

えっと、おはまが身体を硬くする。

「みすずに何かあったのですか？」

「豆太のひょうたくれが、治療代と称して、みずから銭を強請《ゆす》り取ったんだってさ！　ああ、でも、この話は後回しだ。なに、心配には及ばない、すぐに片がつくからさ」

そこに、正蔵に連れられ、友造と与一が入って来る。

「女将さん、大変《てえへん》だ！　やっぱ、万年橋《まんねんばし》よりの川沿いに、それらしき見世が出来てい
るようですぜ。おう、友造、説明しな！」

正蔵に促《うなが》され、友造がそっとお葉を窺う。

「いえね、看板や日除《ひよ》け暖簾には、男女御奉公人口入所便利堂としか書かれてねえん
だが、此《こ》の中《じゅう》、背中に丸に便の印半纏《しるしばんてん》、挟《はさ》み箱《ばこ》を担《かつ》いだ町小使と町中で何度かすれ
違うもんだから、与一の奴が後を跟《つ》けてみたそうで……」

「すると、そいつ、便利堂に入《へえ》るじゃねえか！　けど、新規の便り屋が出来たなんて
聞いちゃいなかったし、その男は便利堂に文を届けに来ただけなのかもしれねえと思
い、しばらく店先を窺ってたんだが、なかなか出て来ねえもんで……」

与一がもじもじと月代《さかやき》を掻《か》く。

「お待ちよ！　文を届けに来ただけとはなんだえ。大川より東の配達は、一旦、日々
堂に集められてからというのが決まりじゃないか！」

「けど、定飛脚や金飛脚ってこともあるし、それなら、うちを通さずに、飛脚問屋が直接配達するからよ……」

お葉の剣幕に気圧《けお》され、与一が鼠泣《ねずみな》きするように呟《つぶや》く。

「けど、与一よォ、おめえも悪《わり》ィ！　妙だなと思ったのなら、なぜ、もっと前《めえ》に、それを言わねえ。宰領に言いにくかったのだとしても、俺にひと言耳打ちしてくれりゃいいものを！」

友造が仕こなし顔に言う。

「言おうと思ったさ。けど、自信がなかったし、俺の言ったことで、大騒ぎになっても困ると思ってよ」

「あい解った！　それで、他に気づいたことはないのかえ？」

お葉が友造と与一を睨めつける。

「六助や佐之《さの》さんがまだ帰《けえ》って来ねえもんで……。あいつらに訊けば、何か判るかもしれねえが……」

「そうかえ。解ったよ。ご苦労だったね。仕事に戻っておくれ」

お葉は見世に戻る二人の背から目を戻すと、深々と肩息《かたいき》を吐いた。

「どうやら、口入屋が出来たことは確かのようだが、問題は、便利堂が便り屋かどうかということだね」

「だが、口入屋だけだとしても、この深川に新規の見世を出すにあたって、ひと言の挨拶《あいさつ》もねえとは……。一体《いってえ》、どういう了見なのでしょうかね」

正蔵が苦々《にがにが》しそうに言う。

「ホントだ！　時代が変わったんだろうか……。少し前まで、こんなことは考えられなかったのにさ！　裏店の住人だって、引っ越してきたら、両隣と向かいに蕎麦《そば》を配り、末永く付き合ってくれるようにと願うのにさ」

おはまも憎体に言う。

「けど、弱りやしたね。向こうが挨拶に来てくれねえからにゃ、こちらから訪ねて行くわけにはいかねえからよ……。てこたァ、便利堂が便り屋かどうかってことも、何かことがあるまでは判らねえってことか。まさか、山源に問い合わせるってわけにもいかねえしよ」

「正蔵、それだよ！　何かことがあるまで、疑心暗鬼《ぎしんあんき》にいじいじと考えていたって仕方がないじゃないか。葭町を訪ねてみるよ。こうなりゃ、総元締に直接に逢い、大川を挟んで東と西に分け、互いに協力し合うという、あの約束はまだ生きているんだろうね、と念を押してくるまでだ」

お葉は毅然《きぜん》と言い切った。

「女将さん……」

正蔵が啞然《あぜん》と、お葉を見る。

が、お葉の顔に揺《ゆ》るぎないものを認めるや、

「ようござんす。あっしもお供いたしやす！」

ときっぱりとした口調で言い切った。


ところが、それから四半刻《しはんとき》（三十分）後のことである。

本所方面の集配に出ていた六助が、諸肌脱《もろはだぬ》ぎとなった背中や頰《ほお》に青痣《あおあざ》を作り、よろよろと蹌踉《よろ》めきながら戻って来たのである。

「六助！　どうした、何があった！」

友造の甲張った声に、茶の間にいたお葉や正蔵は飛び出して行った。

六助の左目が腫《は》れ上がり、唇が切れている。

六助は上がり框《かまち》にドタリと身体を沈めると、悔しそうに、おいおいと声を上げて

泣き出した。

「畜生《ちくしよう》……。あいつら、束《たば》になってかかってきやがった！　けど、俺《おり》ャ、挟み箱だけは護ろうと必死で抵抗したんだ。ほら、女将さん、宰領、見て下せえ。奪われずに、ちゃんとこうして持って帰《けえ》ったからよ……」

六助は殴《なぐ》られた背中が痛むのか、ううっと呻《うめ》き声を上げた。

「あいつらとは、誰でェ！　一体《いってえ》、誰のことを言ってるんだ」

正蔵が六助を抱え起こす。

「知らねえ……。けど、町小使の形《なり》をしてやがった」

「町小使の形だって！　おっ、そいつら、丸に便の印半纏を着ていなかったか？」

友造が鳴り立て、さっと与一を見る。

「そうだ……。便利堂の奴らに違《ちげ》ェねえ！」

与一も胴間声《どうまごえ》を上げる。

「なんだって！　おう、六助、おめえ、海辺大工町に新しく出来た、便利堂の連中にやられたのか？」

正蔵の言葉に、六助はうんうんと頷き、がくりと前に頭を垂れた。

「とにかく、手当が先だ！　おまえたち、六助を奥に運んでおくれ」

お葉が心配そうに六助を覗《のぞ》き込み、ああ、それから、誰か、佐賀町《さがちょう》の添島《そえじま》さまを呼んで来ておくれ！　と叫ぶ。

間髪を容れずに、小僧の昇平が表に飛び出して行く。

六助は友造や与一の手で、奥の間に運ばれて行った。

「可哀相に、なんて酷《ひど》いことを……。痛むかえ？　今、医者を呼びにやったから、しばらく辛抱しておくれ」

奥の座敷に床を取り、六助の身体を清拭《せいしき》してやりながら、お葉は憤怒《ふんぬ》と感動の綯《な》い交ぜとなった、複雑な想いに陥《おちい》った。

多勢に無勢と解っていながら、客から預かった文や書出《かきだし》（請求書）を護ろうと、懸命に闘ってくれた六助……。

便り屋が文の入った挟み箱を奪われるということは、武士が腰の物を奪われることに等しい。

むしろ、銭金では償《つぐな》えないものであるから、なお、ことは重大である。

有難う。よく護っておくれだね……。

お葉は六助の額《ひたい》や頰に手拭《てぬぐい》を当て、衝《つ》き上げてくる熱いものを、うっと呑み込んだ。

「女将さん、どうしやしょう。この脚で、あっしが便利堂にねじ込んできやしょうか」

正蔵が茶の間から声をかけてくる。

「おまえにだけ委《まか》せるわけにはいかない……。あたしも行くつもりだが、現在《いま》は、六助の手当が先だ。身を挺《てい》して挟み箱を護ってくれたんだもの、感謝しなくちゃならないからね」

「へい、解っておりやす」

「だから、店衆にも、むやみに騒ぐのではないと、伝えておくれ」

「畏《かしこ》まりました」

すると、そこに、戸田龍之介が戻って来た。

剣術の稽古《けいこ》をつけてもらった清太郎も一緒である。

「店衆が騒いでいるようですが、何かあったのですか?」

龍之介が正蔵の背後から座敷の中を窺い、あっと息を呑む。

「六助！　一体、これは……」

正蔵が苦渋《くじゅう》に満ちた顔で説明する。

「なんと……。卑劣な真似を！　女将、黙って引き下がる場合ではない。断固として抗議すべきだ！　及ばずながら、わたしも協力を惜しまないつもりだからよ。なんなりと申しつけてくれ」

龍之介が珍しく激昂《げっこう》し、身体をぶるるっと顫《ふる》わせる。

「おかたじけ！　けど、今も正蔵に言ったばかりなんだが、とにかく現在《いま》は、六助の手当が先だ。今、立軒《りっけん》さまを呼びにやらせているので、今後のことは、それからということにしようと思ってね」

「解りました。あっ、そう言えば、つい今し方、佐之助が血相を変えて一の鳥居を潜《くぐ》って行ったが、では、佐之助が添島さまを呼びに？」

佐之助と聞き、お葉と正蔵が顔を見合わせる。

添島立軒を呼びに行ったのは、確か、小僧の昇平……。

まさか、佐之助までが行ったとは考えられず、二人は首を傾《かし》げた。

今思えば、六助が蹌踉めきながら見世に戻って来たとき、佐之助がその場にいたのかどうかも定かではない。

とにかく、気が動転してしまい、周囲《まわり》のものが目に入らなかったのである。

と、そこに、添島立軒がやって来た。

立軒は六助をひと目見て、おお……、と顔を顰《しか》めたが、診察を済ませると、

「幸い、骨に異常はないようだ。が、腫れが引くまで、しばらくは痛むであろう。まっ、安静にしておくことだな」

と頬を弛《ゆる》めた。

お葉もほっと安堵《あんど》の息を吐く。

立軒が帰った後、ようやく、少しずつ話せるようになった六助は、仰臥《ぎようが》したまま、はらはらと涙を零《こぼ》した。

「六助、有難うよ。よく、挟み箱を護ってくれたね。それで、何があったのかえ?」

お葉が訊ねると、六助は忌々《いまいま》しそうに唇を嚙《か》んだ。

「俺が北中之橋《きたなかのばし》を渡って本所長崎町《ながさきちよう》に入《へえ》ろうとしたら、橋詰《はしづめ》で三人の男が待ち伏せしていて……。奴ら、挟み箱を担ぎ棒につけてたんで、おっ、同業者かよと思い、ちょいと会釈をして通り過ぎようとしたのよ。そしたら、雲雀骨《ひばりぼね》(瘠《や》せた)をした不人相《ふにんそう》な男が、俺の前に片脚をひょいと突き出してよ。俺《おり》ャ、つんのめりそうになったが、なんとか体勢を立て直し、何しやがるって叫んだんだ。そしたら、その男が俺の胸倉《むなぐら》をいきなり摑み、おう、おめえの挟み箱をこっちに寄越しな、言っとくが、この界隈《かいわい》はおめえの縄張りじゃねえ、今日から、うちの縄張りになったんだから、挟み箱をこっちに渡して、とっとと帰《けえ》んな! そう言って、他の二人が俺の挟み箱を奪いにかかりやがった……。俺ャ、何があっても挟み箱だけは奪われちゃなんねえと思い、必死で抵抗したんだ。けど、こっちは一人だというのに、相手は三人だろ？　絶体絶命だと覚悟して、挟み箱と一緒に横川《よこかわ》に飛び込もうとしたとき、二丁目のほうから浪人が息せき切って駆けて来てよ。止《や》めろ、おぬしら、一体何をしておる！　おぬしらが便り屋の沽券に懸《か》けても闘わねばならぬと言っていたのは、このことか！　追い剝《は》ぎまがいの卑劣な真似をするのを、それがしは黙って見ているわけにはいかぬ……。そう言い放つや、いきなり腰の物を抜いて、三人の男を追い払ってくれてよ……。それから、俺を抱え起こすと、おまえは日々堂の者だな？　送って行ってやりたいが、そうもいかぬ事情があってな、おまえ、一人で帰れるな？　とそう言ったんだ……」

六助はそこまで話すと、再び、痛そうに顔を歪《ゆが》めた。

お葉は正蔵を窺った。

正蔵も頷く。

「おそらく、望月さまにございましょう」

「すると、望月さまは代筆ではなく、用心棒として便利堂に雇われたってことかえ？」

「そうでしょうな。だが、用心棒に雇われたのはいいが、望月さまにしてみれば、まさか強奪《ごうだつ》に加担することになろうとは思っていなかった……。それで、六助を助けて下さったのでやしょう」

「では、望月さまが便利堂に行く前に、うちに寄って下さったというのは、神のご加護……。ああ、やっぱり、旦那が護って下さったんだ！　六助には痛い想いをさせちまったが、この程度の怪我で済んだと思えば、やはり、これも神のご加護！」

「けど、やっぱ、俺《おり》ャ、悔しい……」

六助がきっと唇を噛む。

「そうだよね。もちろん、うちだって、このまま引き下がるわけにはいかない！　これから、皆で対策を練《ね》るから、六助は少し眠るといいよ。いいね、おまえは何も考えなくていいんだよ。後は、あたしたちに委せておくんだ」

お葉はそう言うと、蒲団《ふとん》の上からポンポンと六助の胸を叩き、微笑《ほほえ》んだ。


六助を奥の座敷に残して茶の間に戻ると、龍之介が問いかけてきた。

「望月というと、望月要三郎のことで？」

望月についてはお葉より詳しい正蔵が答える。

「ええ、材木町の裏店に住んでいらっしゃいますがね。そうですか、戸田さまはご存じでしたか」

「それで、奴は日々堂とは長い付き合いで？」

「ええ、旦那が生きておられた頃からですので、かれこれ七年になるでしょうかね。何度か、用心棒の口をお世話したのですが、何しろ、あの方は注文が多くて……。あれは駄目、これは駄目と選り好《え》みをなさるもんだから、さあ、七年の間に、何度、職に就《つ》かれたでしょうかね……。それほど選り好みをなさっていたのでは、当然、手許不如意となり、たちまち干上《ひあ》がってしまう。ところがどっこい、どうやら、立行《たちいき》の世話をしてくれる女ごだけには不自由をなさらないようで……。といっても、それはこれまでのことでしてね。聞くところによると、その女ごにも愛想尽かしされたとかで、それで、躍起《やっき》になって仕事を探しておられるのですよ」

「ほう、それで、用心棒とな……。だが、妙だな？　あの男、剣術の腕はからきし駄目だと思ったが……。何しろ、目録を貰って間もない若者にも、歯が立たなかったというからよ。自《みずか》らも剣術は性《しょう》に合わぬと言っていた……。それでも、あるとき一念《いちねん》発起《ほっき》をして、なんとか腕を上げようと川添道場に通ってきたこともあったのだが、三月《みつき》と続かなくてよ……。それゆえ、以来、わたしも奴に逢うことがなく、名前すら忘れかけていたのだが、まさか、このような形で望月の名を耳にするとは……」

龍之介が懐《なつ》かしそうな顔をする。

「まっ、用心棒といっても、それらしき顔をして、腰にやっとうをぶら下げていればいいのですから……。お武家というのは、姿形だけで得をするってことですかね。あ、それで納得しやした！　実は、うちでも、三度ほど用心棒の口を世話したことがあるのですが、どれも長続きしやせんでしてね。三月という約束で入《へえ》っても、ひと月でお払い箱になったり、それどころか、一番短かったのが、三日でやすからね。おそらく、今日のことで、便利屋もお払い箱……。そう考えてみると、なんだか、気の毒な気がしやすね」

「何か、望月に見合う仕事はないのか」

「さあて……。何しろ、選り好みをなさる方ですんで……」

正蔵の胸がちくりと疼《うず》いた。

まさか、望月が龍之介の代筆に割り込もうとしたとは、口が裂けても言えないではないか……。

「それで、どうしたものかね……」

お葉がお茶を淹《い》れながら、困《こう》じ果てたように呟く。

「そのことでやすがね。うちは便利堂に喧嘩を売られたわけで、そのために、六助が怪我をした……。が、だからといって、売られた喧嘩を買わんでかとばかりに、便利堂に乗り込むってェのはいかがなものかと……。それじゃ、まるで、ごろん坊の縄張り争いじゃありやせんか！　それより、ここはひとつ、葭町の総元締に間に入ってもらうってェのが筋じゃねえかと……。だって、そうじゃありやせんか？　現在《いま》、ここで便利堂と乱闘騒ぎにでもなったんじゃ、山源の思う壺《つぼ》……。やっぱり、てめえらには委せておけねえと、この際、一気に、日々堂も便利堂も、山源の配下に取り込まれちまう……」

正蔵が訳知り顔に言う。

「すると、おまえは此度《こたび》のことは山源が仕組んだとでもお言いかえ？」

お葉は思わず大声を上げたが、あっと息を呑むと、そうかもしれない……、と呟いた。

「山源はうちの権利が欲しくて堪《たま》らないんだもんね。けど、旦那が亡くなったとき、あたしは千両詰まれても日々堂は手放さないと突っぱねた……。山源は旦那との間で取り決めた、大川を挟んで東と西という縄張りに、臍《ほぞ》を噛んでいるに違いないんだ！　それで、旦那がいなくなって以来、虎視眈々《こしたんたん》とうちの縄張りを狙っている……。おそらく、便利堂に暖簾分けをしたというのも、山源の策略なんだよ！　暖簾分けとは名ばかりで、甚三郎にしたのと同様に、独立したがっている男を見て、快く独《ひと》り立ちさせた……。早晩、日々堂と便利屋の間で諍《いさか》いが起きると踏んでるんだよ。そうなりゃ、ひと思いに、日々堂と便利堂の二つを潰《つぶ》せると思ってさ。フン、誰がその手に乗るもんか！」

お葉が悔しそうに歯噛みする。

「そうだよ、日々堂の相手は便利堂じゃねえ！　ここは山源にねじ込むほうが先決だ。だってそうじゃありやせんか。亡くなった旦那との約束がありながら、たとえ名目だけの暖簾分けにせよ、山源は便利堂が大川より東に見世を出すことを認めたんでやすからね」

「宰領の言うとおりだ。現在《いま》、ここで便利堂に殴り込みでもかけたなら、山源の罠《わな》に嵌《はま》ってしまう！　抗議をするのであれば、やはり、山源であろうな」

龍之介も仕こなし顔に言う。

お葉はすくりと立ち上がった。

正蔵が驚いたように見る。

「女将さん、どうかしやしたか……」

「何をぼやぼやしてるんだよ！　葭町に行くんじゃないか。正蔵、おまえも来るのなら、さっさと仕度《したく》をおし！」

「へい」

正蔵が慌てて見世のほうに戻って行く。

「わたしもお供いたしましょうか」

龍之介が心許なさそうに訊ねる。

お葉は、いやっ、と首を振った。

「これは亡くなった旦那の沽券に関わることだからね。面皮《めんぴ》を欠かされたのなら、女房のあたしが始末をつけなきゃならない！　それが出来て初めて、あたしもいっぱしに女主人《おんなあるじ》の顔が出来るってもんだ。それなのに、戸田さままで連れて行ったとあっては、かえって話がややこしくなっちまう……。それに、まさか丸腰の女ごを相手に、山源も無茶なことは出来ないだろうからさ」

「…………」

龍之介が言葉を失い、気圧されたようにお葉を瞠める。

「おや、どうかしたかえ？　あたしの顔に何かついているとでも……」

「いや、つくづく、おまえさんて女ごは怖いもの知らずというか、鉄火肌《てっかはだ》だと思ってよ」

「これが、伝法《でんぽう》な辰巳芸者の心意気ってなもんでね！」

お葉が黒羽織《くろばおり》を身に着けると、ポンと帯を叩く。

「て、大変《てえへん》だ！　佐之助がたった一人で便利堂に殴り込みをかけたって……」

正蔵が泡《あわ》を食って、茶の間に飛び込んで来る。

えっと、お葉の顔から色が失《う》せた。

「たった今、絵双紙屋《えぞうしや》の小僧が知らせに来たんだが、佐之助の奴、小名木川沿いの道で便利堂の男衆に袋だたきに遭《あ》っているそうで……」

「まっ、なんて莫迦なことを……。正蔵、大八《だいはち》車を出しておくれ！　いいかえ、おまえは現在《いま》は動くんじゃないよ。あたしが佐之助を引き取りに行くから、小僧を二人ほどつけておくれ。ああ、それから、立軒さまに再度お越し願うように、佐賀町に誰かを走らせるんだ！」

お葉の腹は決まっていた。

六助、佐之助と二人も痛めつけられては業が煮えて仕方がないが、抗議のためといっても、殴り込みをかけたのは佐之助のほうからに違いなく、ここはぐっと胸を抑えなければ……。

断じて、山源の罠にかかりはしない！

そうだよ、胸晴《むねはらし》は山源にすれば済むことだもの……。

正蔵と龍之介が不安の色も露《あら》わに、そっとお葉を窺い見る。

お葉はきっと顎を上げ、大丈夫だよ、と二人を目で抑えた。


お葉が小僧二人を連れて駆けつけると、佐之助は高橋《たかばし》の欄干《らんかん》の下に蹲《うずくま》り、絵双紙屋夢屋《ゆめや》の小僧に傷の手当を受けていた。

片目が潰れ、切れた唇から鮮血が滴《したた》っている。

お葉は思わず悲鳴を上げそうになったが、佐之助は痛みを堪えて、済んません、済んません、と何度も頭を下げた。

「脚の骨が折れたのか、歩けないみたいで……。荷車をお持ち下さり、助かりました。俺たちだけじゃ、どうしてよいのか分からず、困っていたところです」

夢屋の小僧は安堵したように言うと、自分が往来を掃《は》いていると、佐之助が息せき切って隣の便利堂に駆け込んだかと思うと、さして時をおかずに、男衆たちが佐之助の両脇を抱え上げ、往来に叩き出したのだと説明した。

「相手は四、五人もいたでしょうか……。寄って集《たか》って、殴るの蹴《け》るので、このままでは殺されてしまうと思い、慌てて黒江町まで知らせに走りました。この男《ひと》は何度かうちに文を届けに来たことがあり、日々堂の町小使だと知っていましたからね。けど、知らせた後、急いで帰《けえ》ってみると、この男一人が倒れていて……。きっと、これ以上痛めつけると死んじまうと思って手を引いたんだろうが、酷《ひで》ェことをしやがって……」

夢屋の小僧はよほど心細かったのであろう、お葉の顔を見て、今にも泣き出しそうな顔をした。

「有難うよ。知らせてくれて助かりました。いずれ、改めて夢屋さんには礼に行くつもりですが、今日のところはこれで……」

お葉はこんなこともあろうかと、用意してきたお捻《ひね》りを袖《そで》の中から取り出し、小僧の手に握らせた。

「あっ、こんなことしてもらっちゃ……」

「いいんだよ。飴玉《あめだま》でも買っとくれ」

そう言うと、小僧は含羞《はにか》んだように、にっと頬を弛めた。

小僧が去ると、お葉は佐之助を睨めつけた。

「佐之助、おまえの気持は解るよ。けど、一人で乗り込むなんて、なんて莫迦なことを！」

「済んません……。けど、俺《おり》ャ、六助にあんなことをされたままじゃ、なんとも悔しくって……」

「だからといって、おまえが殴り込みをかけたんじゃ、ますます、ことがややこしくなるだけだ。けど、生命《いのち》に別状がなくて安堵したよ。さっ、帰ろう。帰って、立軒さまに手当をしてもらおう。昇平、市太。佐之助を大八車に乗せてやんな！　そっとだよ。手荒く扱うんじゃないよ」

お葉が小僧たちに命じると、佐之助がえっと驚いたようにお葉を見る。

「便利堂には行かれやせんので？」

「ああ、そうだよ。いずれは行くが、現在《いま》はね……」

背中に幾つもの視線を感じたが、お葉は敢《あ》えて無視した。

日除け暖簾の陰に隠れた、便利堂の連中である。

おそらく、これからお葉がどう出るのかと誰もが胸に鬼胎《きたい》を抱《いだ》き、今頃、目引き袖引き話しているに違いない。

案外、御亭《ごてい》や宰領までが額を寄せ、お葉がこのまますんなり引き下がるはずもないと、今になって、やり過ぎたことを後悔しているかもしれない。

おかっしゃい！

おまえたち、まだ、山源の陰謀が読めないのかえ？

その手は桑名《くわな》の焼き蛤《はまぐり》……。

生憎《あいにく》、あたしゃ、おまえらのような小者《こもの》を相手にしちゃいないんでね。

山源の策謀に嵌るなんて、まっぴらだえ！

「さあ、帰ろうか！」

お葉は日除け暖簾の陰から覗く男衆に聞こえるように、わざと、甲張った声で鳴り立てた。

黒江町まで戻ると、案じた店衆たちが、一の鳥居まで出て待っていた。

その中に、正蔵やおはま、龍之介の姿もあった。

「佐之助、おまえ……」

「大丈夫《でえじようぶ》か？　なんだって！　脚の骨が折れたって……」

「一人で乗り込むなんて、無茶なことを！　声をかけてくれりゃ、おいらだって行ったのによ」

「与一のてんごうが！　それだけはしちゃならねえと、口が酸《す》っぱくなるほど、宰領に言われたじゃねえか」

店衆たちが口々に言い、心配そうに、荷車の中の佐之助を窺う。

佐之助の目に涙が盛り上がった。

「皆……、済まねえ……」

「さあさ、早く見世に戻ろうよ。立軒さまがお待ちだからさ！」

おはまが大声を上げる。

お葉はおはまに佐之助を託すと、正蔵に耳打ちをした。

「正蔵、今から葭町に行くよ」

「えっ、この脚で……」

「そうさ。話は早いほうがいい。それに、おっつけ、便利堂からも葭町に連絡が入るだろうから、また妙な奸計《かんけい》を企《たくら》まれない前に、こちらが先手を打たなきゃね」

「あっ、言えてやす！」

そうして、おはまや龍之介に後を託すと、お葉は正蔵と共に、永代橋《えいたいばし》を目指した。

猪牙《ちょき》（船）に乗り、水面《みなも》を眺めながら、お葉は二年前にもこうして正蔵と二人して、山源の総元締を訪ねたことを思い出していた。

あのときは、甚三郎が急死し、お葉が日々堂の主人《あるじ》の座を継《つ》いだ直後であり、総元締の源伍《げんご》がお葉に日々堂の権利を譲らないかと持ちかけてきたのである。

「正《まさ》な話、甚三郎が急死したと聞き、誰もが今後日々堂はどうするつもりだろうかと思った。ところが、感心なことに、おまえさんは一日たりとも見世を閉めなかった。これは飛脚問屋としては当然あるべき姿なのだが、なんといっても、おまえさんは女ごだ。しかも、生さぬ仲《なか》の清太郎はまだ六歳の餓鬼《がき》……。では、主人《あるじ》に代わって見世を取り仕切る宰領格の正蔵はといえば、五十路《いそじ》に手が届こうというご老体とくる。誰が考えても、このまま日々堂をおまえさんたちの手に委《ゆだ》ねてよいものか鬼胎を抱くってェもんだ。というのも、今や、日々堂は飛脚問屋として、深川から向島を束ねる重要な地位を占めていてな。ふン、甚三郎の奴、飽くまでも日々堂は飛脚問屋ではなく便り屋だと、馬鹿げた拘《こだわ》りを持ち続けたが、定飛脚を扱わねえだけで、やっていることは飛脚問屋と一向に変わりやしねえ。が、俺もあいつの目が黒《くれ》ェうちは黙ってやりたいようにやらせてきた。ところが、奴はもういねえ。そうなりゃ、今までのように座視しているわけにはいかなくなってよ」

源伍はそう切りだしてきたのである。

だが、甚三郎は山源から独立するにあたって資金繰《ぐ》りから客層の開拓まで、何もかもを一人で熟し、暖簾分けとは名ばかりで、山源の世話になっていないのである。

しかも、その際、山源は大川より西に手をつけるなと、甚三郎を深川に追いやった。

そのために、甚三郎と正蔵は一から客層の開拓をしなければならず、それこそ、夜の目も見ずに働いてきたのである。

甚三郎が敢えて定飛脚に参入せず、ちりんちりんの町小使に徹したのも、山源の顔を立てるためだった。

が、世間とは皮肉なもので、その真摯《しんし》な姿勢がかえって好感を呼び、日々堂は庶民に持て囃《はや》されるようになったのである。

独立したところで、早晩、日々堂は立行できなくなるだろうと思った山源の目論見《もくろみ》は見事に外《はず》れた。

それで、山源は躍起になり、深川まで手を伸ばそうとしたのだが、あるとき、甚三郎が大川を挟んで東と西で集配を分担することを提案した。

大川より東で集められた文や書出は日々堂で区分され、西への配達分が葭町へと運ばれる。

西で集められた文もまた然《しか》り……。

山源から、東への配達分が日々堂へと運ばれるのである。

甚三郎が亡くなるまでは、そうすることで何事も甘く廻《うま》っていたのだった。

とはいえ、山源にしてみれば、本所、深川、向島は、喉から手が出るほど欲しい地域である。

それが証拠に、甚三郎が他界するや、早速、山源は日々堂に食指を動かしてきた。

が、お葉は見世を譲れという源伍の申し出を、きっぱりと断った。

「お生憎さま！　あたしゃ、千両やると言われたって、お断りだ。あたしの夢は綺麗な着物《べべ》を着ることでもなければ、花街に戻ることでもなく、清太郎が一人前になるまで、旦那から預かった日々堂を護り抜くことなんですよ。それに、総元締は真っ当な社会とお言いだが、真っ当か真っ当でないかは生業《なりわい》が決めることではなく、人の生き様《ざま》や心意気で決まること。その意味で、あたしは甚三郎ほど真っ当な男はいないと尊敬しています。清太郎にも、よき父親《てておや》を持ったと誇りを持つよう、それを庭訓《ていきん》（家訓）として、育てていくつもりです」

飛脚問屋は元を糺《ただ》せば口入屋。そして、口入屋の元はといえば手配師……。

つまり、任侠《にんきょう》の世界へ通じるといわれるが、お葉にはどうしても、温顔で情味に溢《あふ》れた甚三郎と侠客《きょうかく》の世界が結びつかなかった。

が、それが、弱きを助け強きを挫《くじ》き、義のためには生命《いのち》を惜しまない、本物の任俠道なのだと気づいたとき、お葉は任俠道に対する畏怖《いふ》をかなぐり捨て、むしろ、甚三郎の義俠心《ぎきょうしん》を好ましく思った。

あん男《ひと》はあたしが見てきた男の中で、いっち、誇れる男……。

お葉は現在《いま》でも甚三郎を夫に持てたことや、日々堂の女主人になったことを誇りに思っている。

この誇りを清太郎に引き継ぐまでは、なんとしてでも日々堂を護り抜かなければ……。

「さあ、着きやしたぜ」

正蔵に言われ、お葉はハッと我に返った。

両国広小路《りょうごくひろこうじ》の御上がり場の向こうに、並び茶屋、その背後に芝居小屋の薦壁《こもかべ》や幟《のぼり》が見え、年中三界《ねんじゅうさんがい》、ここは人溜《ひとだまり》の絶えない盛り場である。

お葉は黒羽織の裾をはらりと捲《まく》り、正蔵に、さっ、行くよ、と目まじした。

「これは、またどういう風の吹き回しですかな？　今や、押しも押されぬ日々堂の女主人が、こうして直々《じきじき》、葭町までお越しとは……」

山源の総元締源伍は、二年前より幾分太り肉となった身体を揺すり、くっくと肩で嗤《わら》った。

この狸《たぬき》が！

お葉は頬に艶冶《えんや》な笑みを貼《は》りつけ、胸の内で毒づいた。

日本橋葭町山源の奥座敷である。

さすがは手配師、飛脚問屋の総元締だけのことはあって、山源は日々堂の三倍はあろうかと思える構えで、お葉は改めて見世の構えに驚き、続いて、中庭を挟んだ母屋《おもや》の贅《ぜい》を凝《こ》らした造りに、感嘆の声を上げた。

ちょいとした高級料亭並みの佇《たたず》まいなのである。

が、山源はどうやらお葉が訪ねて来ることを予期していなかったようで、店先で訪《おとな》いを入れると、四半刻近くも店先で待たせ、ようやく手代の一人がお葉たちを母屋へと案内したのだった。

そうして、応接の間で再び待たされること暫《しば》し、途中、お端下が茶を運んで来て、もう間なしに旦那さまがお見えになります、と頭を下げ、源伍が現れたのはさらにその四半刻後のことだった。

その間、お葉は正蔵と口っ叩きする気にもなれず、気を苛《いら》ちながら待っていた。が、どうしたことか、次第に気負《きお》い込んだ気持が萎《な》えていくようで、まさかこれも山源の作戦の一つではなかろうかと、お葉はなんだかしてやられたように思ったのだった。

けれども、こんなことで、山源の術中に嵌ってはならない。

お葉は気を取り直し、きっと顔を上げると、源伍に目を据えた。

「回りくどいのはあたしの質《たち》じゃないんでね。単刀直入にお訊ねしますが、亡くなった旦那、日々堂甚三郎と総元締が取り交わした約束、つまり、大川を挟んで東と西に区分し、互いの協力の下《もと》に集配業務を行うという、あの約束は現在《いま》も生きているのですよね？　総元締は甚三郎と約束しただけでなく、旦那が亡くなった後、このあたしが日々堂の主人となった折にも、はっきりと、そうお言いになった。まさか、忘れたとは言わせませんよ！」

「おいおい、こいつァ、敵《かな》わねえや……。二年ぶりに姿を見せたと思ったら、いきなり、これかえ……。ああ、憶《おぼ》えているが、それがどうかしたかな？」

「お惚《とぼ》けを！　白々《しらじら》しいったらありゃしない！　だったら、何ゆえ、海辺大工町に便利堂なる便り屋が出来たのさ！　聞くところによると、山源が暖簾分けをしたとか……。そりゃさ、山源が誰に暖簾分けをしようが、うちの知ったことじゃありませんよ。けど、よりによって、深川はないでしょうが！　便利堂が山源の暖簾分けというのなら、山源が深川に見世を出したのも同然……。これで、約束を違《たが》えていないとどうして言えます？」

ほう……、と源伍の金壺眼《かなつぼまなこ》がきらりと光った。

「女将、まあ、落着きな。確かに、此度、古くからいる継次《つぐじ》という男が海辺大工町に見世を出した。そう、確か、便利堂とかいったっけ……。が、誤解をしてもらっちゃ困る！　甚三郎のときと同様、あの男が独立したいと言い出したものだから、うちとしては許したまでで、決して山源が暖簾分けをしたわけではないからよ。だが、継次が暖簾分けをしてもらったと吹聴《ふいちよう》しているとすれば、そいつァ由々《ゆゆ》しきことだ。すぐさま、前言を翻《ひるがえ》すように命じよう。それによ、ここが肝心なところなのだが、俺は継次が独立することは許した……。だが、それは口入屋に限ってのことであり、便り屋にだけは手を出してはならないと、口が酸っぱくなるほど釘を刺しておいたのだ。そりゃそうだろう？　おまえさんが言うように、甚三郎との約束は、男と男の約束……。甚三郎が亡くなったからといって、反故《ほご》にするわけにはいかないのでな。となれば、継次が俺との約束を破ったことになるが、はて……。あの男は約束を破るような男ではないのだがなあ……」

源伍は首を捻《ひね》ると、襖《ふすま》に向かってポンポンと手を打った。

「何か……」

襖が開いて、山源の宰領辰次《たつじ》が入って来る。

源伍は辰次の耳許に何やら囁《ささや》いた。

いえっと辰次が首を振り、しばらく、二人の耳こすりが続いた。

そうして、源伍はおもむろにお葉に身体を返すと、蕗味噌を嘗めたような顔をした。

「継次がここを辞《や》めた後、角造《かくぞう》が後を追うようにして姿を消したが、まさか、便利堂に鞍替《くらが》えしたとは……。いや、俺もたった今知ったのだが、辰次が言うには、角造が便利堂の宰領に収まったのではないかと……。そうだとしたら、あの男なら、横紙《よこがみ》を破りかねないからよ。で、おまえさんたちはもう便利堂と渡引《わたりひき》（交渉）をしたのかな？」

「いえ、それはまだ……。何はさておき、まず、総元締の腹を確かめてェと思いやして……。それに、渡引も何も、便利堂のやり口は汚《きたね》ェなんてもんじゃありやせん」

正蔵が堪りかねたように、割って入ってくる。

正蔵は便利堂が深川に見世を出すにあたって、日々堂に挨拶の一つもなかったことや、町小使の六助や佐之助が便利堂の男衆に痛めつけられたことなどを話した。

「なんと、暴力沙汰とは……。だが、そこまで面皮を欠かされたというのに、何ゆえ、日々堂は抗議をしない？」

源伍が狡《こす》っ辛《から》そうに、にっと片頰で嗤う。

その表情を見て、お葉の胸に憤怒が衝き上げた。

「ああ、抗議するさ！　但《ただ》し、あたしの相手は便利堂じゃない。総元締、おまえさんにだ！　生憎、あたしの目は節穴じゃないんでね。角造なんて猪牙助《ちよきすけ》（軽薄者）を裏で操《あやつ》り、日々堂と便利堂を対立させて、まんまと漁夫の利を得ようとする、源伍さん、おまえさんの腹が見え見えなんだよ！　誰がその手に乗るもんか！　甚三郎と山源との約束が生きているからには、便利堂の不始末は、独立を許したおまえさんの責任！　山源が便利堂に制裁を加えるのが筋じゃないか！」

お葉は甲張ったように鳴り立てた。

襖の外から、剣呑な空気が流れてくる。

おそらく、山源の男衆が、すわ鎌倉《かまくら》とばかりに控えているのであろう。

源伍は襖に向かって、軽く咳を打った。

退《ひ》け、という意味なのであろう。

「まあま、お葉さん、気を鎮《しず》めな……。俺が裏で操っているとは、また、どっとしねえ（感心しない）ことをお言いだ……。すると、何かな？　俺が角造を使って、日々堂と便利堂との間に抗争を起こさせ、幕引きと称して、とどのつまり、山源が日々堂と便利堂の二つを乗っ取るとでも？　こりゃまた、俺も見掠《みかす》められた（見くびる）ものよ！　山源がそのような卑劣な手を使うわけがない！　俺が本気で日々堂を欲しいと思うのなら、そのような姑息《こそく》な手段を使わずとも、とっくの昔に手に入れてたさ……。考えてもみな？　甚三郎との約束といっても、口約束にしかすぎないのだからよ。そんな約束など知らん、と頰被《ほおかぶ》りしてしまえば済むものを、俺は甚三郎を男と見て、口約束にしかすぎないものをこれまで遵守《じゅんしゅ》してきたのだからよ。そのことを解らずして、漁夫の利とは……。開いた口が塞がらないとは、まさにこのことよ！」

源伍が人を茶にした言い方をする。

お葉は凜然《りんぜん》と目を返した。

「おや、妙なことがあるもんだ。総元締は甚三郎との約束を口約束とお言いだが、では、これはなんだろうね？」

そう言うと、胸の間《あわい》から書付《かきつけ》を取り出した。

あっと、源伍の顔から色が失せる。

「総元締と甚三郎の間で取り交わした誓紙だ。ほら、ここに、おまえさんの名前と血判《けつぱん》が入ってるじゃないか！ 憶えていないとは言わせないよ」

「…………」

「どうやら、思い出してくれたようだね。それならいいんだ。大方、甚三郎が死んじまえば死人に口なし。そんな誓紙があるのを知らないと思ったんだろうが、生憎だったね！ 甚三郎って男はおまえさんと違って隠し事をしないんでね。誓紙のあることを宰領に告げてたんだよ。いえね、何もいちゃもんをつけるつもりはないんだよ。此度のことをすべて解ったうえで、総元締が便利堂の始末をつけて下さればいいんだからさ」

源伍が苦々しそうな顔をして、お葉を窺う。

「便利堂のことは解った。今後一切《いっさい》、便り屋から手を引かせよう。但し、口入業のほうは許してやってくれねえか？ この際、お仕置きとして、便利堂を身代《しんだい》限りにさせてもよいのだが、継次という男は苦労人でね。山源に四十年近く奉公してくれたものだから、見世まで取り上げるのはいささか酷かと思ってよ……」

「ようござんしょ！　元々、口入業に関しては、取り決めなどないんだからさ。いえね、うちだって、そこまで欲の皮が突っ張っちゃいませんよ。ただ、甚三郎には便り屋への思い入れがありましてね。庶民が気軽に声をかけられる、ちりんちりんの町小使……。一人でも多くの人に利用してもらいたいって、何かあるたびに、そう言っていましたからね。あたしは甚三郎のその夢を継ぎ、清太郎に引き渡してやりたいだけなんですよ。それ以上の欲はありません。ですから、今後も、ひとつよろしく、ずずいっと、お引き回し奉《たてまつ》ります！」

お葉は畳《たたみ》に手をつき、深々と頭を下げた。

まるで、歌舞伎《かぶき》の口上《こうじょう》である。

だが、致し方ない。いつかしら、お葉はすっかりその気分に浸《ひた》っていたのであるから……。

秋の出替も無事に終わり、今日は重陽《ちょうよう》（九月九日）、菊の節句である。

「その後、佐之助の脚の具合はどうかえ？　歩けるようになるまで、まだしばらくかかるんだろうか」

朝餉《あさげ》を食べながら、お葉が龍之介に訊ねる。

「まだ、副木《そえぎ》が外《はず》せませんからね。外せたところで、まともに歩けるようになるまでには回復訓練も必要でしょうし、飛脚走りが出来るようになるのは、さらに、その先……。日々堂ではもっとも脚の速い佐之助にしてみれば、辛い話ですよね」

龍之介がおはまに味噌汁のお代わりをする。

「確かに、佐之助に抜けられては、うちとしても痛手は大きい。でもね、佐之助には気を苛ったところで仕方がない、この際、長い休みをもらったと思って、のんびりすることだね、と言ってるんだよ」

「だが、日中、蛤町の仕舞た屋《しもたや》で一人というのは寂《さみ》しいのだろうな。せめて、仕分け作業だけでも手伝いたいので一緒に連れてけと、毎朝のようにごねるのだが、友造や与一がうんと言わなくて……。せめてひと月は大人しくしていなきゃ駄目だと相手にしてもらえないものだから、それで、日中、俺に手習《てならい》を教えてくれと言い出してよ」

「手習を？　へえェ……、佐之助がね。そりゃ、殊勝なこった！　じゃ、此の中、清太郎までが仕舞た屋に入り浸《びた》りなのは、そういうことだったんだね」

お葉が呆《あき》れ返ったように、清太郎を見る。

「へへっ、暴露《ばれ》ちゃった……。だって、中食《ちゅうじき》を済ませた後、先生ったら、真っ直《ます》ぐ蛤町に帰《けえ》っちまうんだもの！　いつもはここで代筆仕事をするのにさ。それで、おいらも手習所から帰《けえ》ったら、蛤町を覗いてみることにしたんだ。だって、佐之助あんちゃんが神妙な顔をして、手習の稽古をする姿って、見てると面白《おもしれ》ェんだもん！」

清太郎がぺろりと舌を出す。

「これ、清太郎！　大人をからかうもんじゃないの」

「からかってなんてないよ。励ましてるんだ！　佐之助あんちゃん一人じゃ心細いだろうと思って、おいらも一緒に手習をしてあげてるんだよ。偉いだろ？　石鍋先生のところで習ったというのに、まだやるんだからね」

清太郎が誇らしそうな顔をして、お代わり、と茶椀《ちゃわん》を突き出す。

「そりゃ、偉いね。清坊は二倍もお利口《りこう》さんになれるんだ！　けど、あたしは安心しましたよ。毎日、佐之助に食事を届けるんだけど、佐之助ったら、日増しに食が細くなっちまってね。あの男伊達《おとこだて》の佐之助が魂《たましい》を抜かれたように虚《うつ》ろな目をしてさ……。このままじゃ、脚ばかりか、心まで病んじまうのじゃないかと案じてたんだけど、そうかえ、戸田さまと清坊がね……。あら、嫌だ……」

おはまが慌てて前垂れで顔を覆《おお》う。

「おいおい、ここは泣くところけえ? おめえ、焼廻《やきまわ》っちまったんじゃねえだろうな。しょうもねえことに涙を流すなんてよ……」

正蔵がちょっくら返す。

「何がしょうもないんだよ! 嬉《うれ》し涙くらい流させてくれてもいいじゃないか」

おはまはむっとしたように顔から前垂れを外すと、茶椀にご飯を装《よそ》った。

「秋だもの! 誰しも、何かにつけて涙もろくなるさ……」

お葉がさらりと言う。

その刹那《せつな》、茶の間にいた全員が箸《はし》を止め、唖然《あぜん》としたようにお葉を見る。

そして、互いに顔を見合わせ、申し合わせたように、ぷっと噴《ふ》き出した。

お葉が目を瞬《しばたた》く。

どうやら、お葉だけが皆が何をおかしがっているのか解らないようで、狐《きつね》につままれたような顔をしている。

正蔵が改まったように、お葉を見た。

「いろんなことがありやしたが、すべてが丸く収まり、ようござんしたな」

お葉も満足そうに頷く。

「六助の怪我は大したことがなかったし、佐之助も生命《いのち》に別状がなかったんだもんね。便利堂の御亭が言ってたよ。自分は口入屋を開いたつもりでいたので、便利堂が便り屋にまで手を出しているとは知らなかった、角造が見世のことは何もかも委せてくれ、深川は自分の古巣だ、旦那は帳簿をつけていればいいのだからと言うものだから、つい、角造を信用してしまったが、まさか、あの男が便り屋にまで手を伸ばし、日々堂に迷惑をかけていたとは知らず、申し訳ないことをしたと平謝りに謝ってね。開店の挨拶も角造に委せたつもりでいたのが悪かったと、見舞金として二両包んできてさ……。もちろん、あたしは固辞したよ。けど、友七親分の話では、喧嘩沙汰は怪我の大小にかかわらず、怪我を負わせた者が治療代として、丁銀一枚を支払うのが決まりというからさ。六助と佐之助で、丁銀二枚……。そうと聞いちゃ、突っ返すわけにもいかなくてね」

お葉がふうと太息《ふといき》を吐く。

「結句、角造は便利堂から暇を出されたのですね」

龍之介がお葉を窺う。

「ああ、便利堂だけでなく、山源からも追放された……。山源から追放されたとなっちゃ、今後、角造はこの世界で世過ぎをしていくわけにはいかないからね」

「結局のところ、角造は山源に利用されたってことに？　だって、そうでやしょう？

女将さんだって、此度のことについちゃ、山源を潔白と思っちゃいなさらねえ……。裏に山源がいたと睨《にら》んでいなさるんだ。ところが、ヘン、悪いことは出来ねえや！　山源の思い通りにはことが運ばなかった……。山源はまさか女将さんが真っ直ぐ自分のところに乗り込んで来ると思っていなかったもんだから、慌てて、角造一人に非を擦《なす》りつけ、蜥蜴《とかげ》の尻尾《しっぽ》切りをしたってわけだ……。泣きを見たのは角造一人。角造も山源が相手じゃ、文句のつけようがねえからよ。ねっ、そうでやすよね？」

正蔵がお葉の腹を読もうと、睨めつける。

「ああ、便利堂の御亭も山源の真意を知って、肝を冷やしていなさったよ。口入屋として独立したいと申し出たとき、薄気味悪いほどに快く許して下さったのは、そのためだったのかとね……。ああ、こうも言っていた。自分は山源から暖簾分けしてもらったとは、ひと言も言っていない、角造を宰領にしたのも、角造が総元締の請状《うけじよう》を持って来たからで、その中に、角造を宰領として使えと書かれていたので、逆らうわけにはいかなかったとね」

「やはり、そういうことだったのか……。おっ、そう言えば、治療代で思い出したが、豆太の件はどうなりやした？」

正蔵が口に運びかけた湯呑を、慌てて、箱膳に戻す。

「清太郎、食べ終えたのだったら、戸田さまと素振《すぶ》りの稽古でもしておいで！」

「ええっ、食べたばかりだというのに、もう？」

清太郎は不服そうに唇を窄《つぼ》めたが、その場の空気を察し、龍之介がさっと立ち上がる。

「よし、清太郎、今日は新しい型をつけてやろう！」

「えっ、新しい型？　だったら、いいよ！」

清太郎が龍之介に連れられ茶の間を出て行く。

お葉は改まったように、正蔵を見た。

箱膳を片づけていたおはまもみすずのことが気になるのか、いそいそと寄って来る。

「豆太の野郎、どこまでも食えない奴でさあ！　あたしが旦那から聞いたことを洗いざらい話してやり、みすずの父親を嵌《は》めたのは、てめえじゃないか！　伊佐治がおまえの腹を刺したのも、元々、おまえが匕首を振り回したからで、みすずの父親に罪はない、それなのに、お白洲であることないことを並べ立てて、伊佐治を島送りにさせちまったことだけでも許せないというのに、そのうえ、治療代とは何事だ、とどしめいてやったのさ……。ところが、あいつ、うそりうそりと空惚《そらとぼ》けやがって、自分が怪我をしたのは事実だし、そのために、半年以上もお座敷を休むことになり、こちとらの被害は丁銀一枚なんて半端《はんぱ》なもんじゃねえ、あのときは、怪我を負わせた相手から治療代が取れるとは思ってもみなかったので泣き寝入りをしちまったが、治療代が貰えると分かったからには、相手が餓鬼だろうがなんだろうが、取り立ててやる……、とこう来るのさ。それで、あたしも鶏冠《とさか》にきちまってさ。だったら、あのときの町娘を捜《さが》し出してやろうじゃないか、幸い、日々堂には男衆がわんさかいるし、毎日、町小使として町中を走り回っている、その気になりさえすれば、娘を捜し出すことなんて容易《たやす》いもんだ、そしたら、どうなると思う？　今度は、豆太、おまえが島送りとなるんだよ、お白洲で嘘を吐《つ》いた罪と、伊佐治を罪に陥《おとしい》れた罰とで、さあ、島送りなんて柔《やわ》なお沙汰で済むかどうか……、と言ってやったのさ。豆太の顔が見る見るうちに蒼白となってさ！　面白かったよ」

お葉はそこまで喋《しゃべ》るとひと息吐き、口に湿《しめ》りをくれた。

正蔵が狼狽《うろた》え、お葉を窺う。

「容易いもんだなんて、そんなことを言って大丈夫《でえじょうぶ》でやすかね？　三年前《めえ》に旦那が捜されやしたが、見つからなかったってぇのに……」

「なに、脅し文句で言ったまでさ。豆太にゃそれで充分！」

お葉は満足そうに頬を弛めた。

「それで、治療代のことは？」

おはまがせっつく。

「今後一切、みすずには近づかないと約束させたよ。だが、みすずがこれまでに払った千五百文は取り返せなくてね。あいつ、穴明き銭（四文）一枚も持っていないんだ。聞くと、お座敷の口がとんとかからなくなったそうでね。太鼓持ちとしては焼廻っちまったうえに、三年前のあの事件が未《いま》だに尾を引いてるんだろうね。それで、あたしも豆太から千五百文を取り返すのは諦《あきら》めた。あたしが代わりに払ってやれば済むことだからさ」

ああ……、とおはまが目を閉じる。

「そんなわけだ。おはま、安心しておくれ。これでもう、みすずは病のおっかさんを残して、奉公に出なくても済むんだ。後は、裏店で出来る手間賃仕事を斡旋してやるとか、おまえがこれまでしてきたように、うちの賄いのお裾分けをしてやることだね」

おはまが驚いたように、お葉を見る。

「知っていらしたのですか」

お葉はふふっと笑った。

「おまえの顔は正直だ。なんでも顔に出ちまうからさ」

「済みません」

「謝ることはないさ。あたしゃ、むしろ、嬉しいんだよ！　こうして、日々堂は皆の優しい気持で支えられてるんだと思うとね！」


海辺橋《うみべばし》で道場仲間と別れ、龍之介は富岡橋《とみおかばし》へと歩いて行った。

刻《とき》は五ツ半（午後九時）、道場での稽古を終え、伊勢崎町《いせざきちょう》の居酒屋で一杯引っかけてきたのである。

蛤町の仕舞た屋で、たった独り夕餉《ゆうげ》の膳に向かう佐之助のことを思えば、もう少し早く帰ってやればよいのだろうが、仕舞た屋に移ってからというもの、厚かましくも朝餉、中食と二食も日々堂の世話になり、このうえ夕餉までは気を兼ねて、極力、外で食事を摂《と》るようにしてきた手前、いまさら自分まで佐之助と一緒に夕餉を摂りたいとは言い出しづらく、それで、今宵《こよい》も道場仲間の行きつけの見世に同行したのだった。

だが、今宵の酒は、あまり美味《うま》く感じなかった。

仲間の家庭の悩みというのに、とことん、つき合わされる羽目になったのである。

耳底では、一度も逢ったことのない仲間の嫂《あによめ》の名前が、未だ、ウォンウォンと渦巻いていた。

要するに、冷飯食いの立場では、何かにつけて嫂に頭が上がらず、常に、身を小さくしていなければならないというのである。

冷飯食いの立場は、龍之介も身に沁《し》みて解っている。

それで、訳知り顔をして相槌《あいづち》を打っていたのだが、天骨《てんこち》もない！

芳野《よしの》どのの視線が痛い、芳野どのの傍《そば》に寄ると、胸が詰まりそうになる……とは。

莫迦莫迦しい！

単に、嫂に懸想《けそう》しているだけのことなのである。

すっかり御座《おざ》が醒《さ》めてしまった龍之介は、怪我をした佐之助をダシにして、這々《ほうほう》の体《てい》で逃げ帰ったのだが、佐之助をダシに使ったことで、また、じくりと胸が疼いた。

いっそ、明日から、自分も佐之助と一緒に仕舞た屋で夕餉を摂ると言ってみようか……。

いや、そんなことを言えば、清太郎までが自分も蛤町でと言い出しかねない。

こいつは、考えものだぞ……。

そう思ったときである。

富岡橋の常夜灯《じょうやとう》の下に、大柄な男が佇んでいるのが見えた。

龍之介の胸がきやりと揺れた。

一瞬、辻斬《つじぎ》りかと思ったのである。

辻斬りといえば、藤枝重吾《ふじえだじゅうご》……。

半年前、藤枝はこの富岡橋の袂《たもと》に立っていた。

御徒組《おかちぐみ》八十石《こく》の次男坊に生まれた藤枝は、自らの行く末に焦燥《しょうそう》し、鬱屈《うっくつ》した想いの中で辻斬りを繰り返した挙句《あげく》、最期《さいご》は、龍之介の目の前で自裁するかのように果てていった。

まさか、藤枝のはずがない……。

では、幻覚か……。

そう思ったとき、男が振り返った。

総髪《そうはつ》を無造作《むぞうさ》に束ね、揉み上げから顎にかけての無精髭。

望月要三郎であった。

望月は龍之介を認めると、驚いたといった顔をした。

「戸田どのではないか！　今時分、こんなところで何を……」

「道場仲間と一杯引っかけてきたのだ。望月さんこそ、こんなところで何を？」

龍之介が近づいていき、懐かしそうに笑いかける。

「いや、恥ずかしい話なのだが、富久町《とみひさちょう》の居酒屋にこれがおってな」

望月が小指を立ててみせる。

「訪ねて行ったのだが、おまえとはもう切れた、未練などないから、とっとと帰ってくれと、けんもほろろに追い立てられてな。愛想尽かしされたのは解っているのだが、金もなければ、仕事もない。しかも、腹まで減ってよ……。それで、はて、これからどうしたものかと茫然《ぼうぜん》と油堀を眺めていたのよ」

望月が照れ臭そうに、へへっと顎髭を撫《な》でつける。

「そう言えば、日々堂に相談なさったとか……」

「相談したが、仕事はない。おっ、そう言えば、おぬしが日々堂の代筆を務めているとか……。いいのう、羨《うらや》ましいのう。それがしもおぬしのように腕に覚えがあったなら……。せめて、もう少し見てくれが良かったら、また別の生き方が見つけられたかもしれぬのによ。それがしに出来ることといえば、用心棒……。それも、剣の使えぬ用心棒ときたのでは、使い物にならぬのでな」

望月が大仰《おおぎょう》に天を仰《あお》ぐ。

「だが、先日は、日々堂の町小使を助けられたではないですか」

望月がふンと鼻で嗤う。

「助けたといっても、刀を抜いただけのことでよ。相手が恐れをなして逃げてくれたからいいようなものの、刃向かってこられた日には、たちまち、化けの皮が剝《は》がれてしまう。それで、あのときの男、怪我の具合はどうだ？　あの男、挟み箱を奪われまいと、多勢に無勢でよく闘ったと思ってよ。それがしが駆けつけるのがもう少し早ければ、あそこまでやられることはなかったのによ……」

「六助の怪我は幸い大したことがなく、現在《いま》は元気に走り回っている。だが、佐之助という男がよ……」

龍之介は佐之助が便利堂の男衆に、寄って集って痛めつけられたことを話した。

「なんという卑劣な真似を！　だが、それがしも一刻（二時間）ほどとはいえ、その卑劣な見世の用心棒をしていたのだからよ。つくづく身過ぎ世過ぎしていくのが嫌になった……」

望月はそう言うと、暝《くら》い油堀へと目をやった。

岸辺の草叢《くさむら》から、蟲《むし》の声が聞こえてくる。

轡虫《くつわむし》、馬追《うまおい》、鉦叩《かねたたき》……。

競い合うように鳴いたかと思うと、一斉《いっせい》に鳴りを潜《ひそ》め、しんとした静寂《しじま》の中に、今にもかき消されそうな可憐《かれん》な声。

フヒョロ、フヒョロ……。

どうやら、邯鄲《かんたん》のようである。

まさか、こんなところに邯鄲が……。

そう思ったとき、再び、蟲しぐれが始まった。

が、その蟲しぐれをかき消すかのように、一際《ひときわ》、大きく鳴いたのが、望月の腹の蟲……。

望月が含羞んだように、龍之介を見る。

髭に埋まった顔の中で、どこかしら、丸い目だけが幼児を想わせた。

こいつ、善《よ》い男ではないか……。

「望月、橋を渡ったところに夜鷹《よたか》蕎麦が見えるだろ？　どうだ、食って行こうではないか。俺も一杯引っかけた後で、ひだるく（空腹）なったんでよ。なっ、付き合ってくれないか？」

いつの間にか、龍之介は望月に裃《かみしも》を脱いでいた。

蕎麦と聞いて、望月の顔がパッと輝く。

「だが、それがしは金が……」

「てんごうを！　誘ったのは、俺だ。おっ、一杯とは言わず、食いたいだけ食ってくれ！　そうだ、おぬしも一杯やるか？　俺も付き合うからよ」

二人は富岡橋を渡って行った。

「望月、算術に覚えはあるか」

「それがしは剣術はからきし駄目だが、文字を書くことと算術には長けている。それが、何か……」

「いや、心当たりの質屋があるのでな。一度、おぬしのことを話してみようと思ってよ」

「本当か？　本当だな？　ああ、忝《かたじけ》ない……」

望月のだみ声が、油堀に響き渡る。

龍之介の耳に、ふっと、邯鄲の儚《はかな》げな声が甦《よみがえ》ってきた。

願わくば、望月の期待が邯鄲の夢に終わらぬように……。

龍之介は、そう願わずにはいられなかった。

油堀を月影が仄《ほの》かに照らし、水の動きに合わせ、ちらちらと揺らいで見えた。

望月がふと空を仰ぐ。

「おっ、今宵は満月か？」

「いや、十三夜は明日だ。ほれ、かすかに端《はし》が欠けているだろうが……」

「名残《なごり》の月か……。なかなか、いいもんだのっ」

望月がしみじみとしたように呟く。

おそらく、これまで月を愛《め》でる心の余裕《ゆとり》もなかったのであろう。

そう思うと、龍之介の胸につっと熱いものが込み上げてきた。

千草の花

一の鳥居を潜《くぐ》ると、門前仲町《もんぜんなかちょう》の様子は恵比須講《えびすこう》一色に染まった。

この日、表通りの各大店《おおだな》では客人を招いて宴席を設けるが、夷神《えびす》は福の神、商《あきな》いの神……。

商売繁盛を願うとあって、賑々《にぎにぎ》しいことこのうえなく、座興の一つとして、座敷にあるものに片っ端から値段をつけ、競り遊《せ》びに興じることでも有名であった。

また、この日は、芸者や幇間《ほうかん》（太鼓持《たいこも》ち）にとっても書き入れ時となり、声のかかったお店《たな》や料理屋を、次から次へと梯子《はしご》する。

お葉は通りを行き交《か》う人溜《ひとだまり》の中に芸者衆《げいしゃし》や幇間の姿を認め、ふっと頰《ほお》を弛《ゆる》めた。

日々堂甚三郎に嫁《とつ》ぐまでは、自分もああして座敷を掛け持ち、席の温まる暇《ひま》がないほどの忙しさだった……。

それがどうだろう。

現在《いま》では、大店に招かれる客人となっているのである。

お葉がこの日招待を受けたのは、伊沢町《いざわちょう》の醬油《しょうゆ》問屋吉田屋《よしだや》の座敷だが、宴席は見世《みせ》ではなく、山本町《やまもとちょう》の料理屋かすみ亭で開かれるという。

芸者をしていた頃、かすみ亭には何度も上がっていたが、こうして客として招かれるのは、今日が初めてのことである。

日々堂の女主人《おんなあるじ》となって二年、これまでは、得意先の接待をことごとく断ってきた。

便り屋、口入屋《くちいれや》の主人《あるじ》として、得意先と親交を深めるのは不可欠のことと解《わか》っていても、女《おな》ごの身では、甚三郎がやってきたことをそのまま踏襲するわけにはいかなかった。

というのも、お葉は其者《それしゃ》（玄人《くろうと》）上がりである。

決して隠し立てするつもりはないが、酒が入れば、いつぽろりと地金《じがね》が出てしまうかもしれない。

お葉が思うに、おそらく、他人《ひと》もそれを期待しているのである。

いいがもない（莫迦《ばか》莫迦しい）！

あたしゃ、そんなことは、まっぴだえ……。

それで、これまでは誘いがかかるたびに、ああだのこうだのと口実をつけて断ってきたが、此度《こたび》だけは、なぜかしら、吉田屋助三郎《すけさぶろう》の喜久治《きくじ》に逢《あ》わせたい人がいるという言葉に心が動いた。

助三郎からの招待状に敢《あ》えてお葉の権兵衛名《ごんべえな》（源氏名）が記《しる》されていたのが、気にかかったのかもしれない。

自分でも、つくづく天《あま》の邪鬼《じゃく》だと思う。

いいよいてや！　向こうがその気なら、あっちも挑発などものともせず、女ごの意地を見せてやろうじゃないか。

正蔵はお葉が吉田屋の招待を受けると言うと、挙措《きょそ》を失い反対した。

「女将《おかみ》さん、お止《よ》しになっちゃいかがでやす？　此《こ》の中《じゅう》ようやく、日々堂の女将は誘っても無理だと得意先の間に知れ渡ってきたというのに……。しかも、吉田屋は女将さんのことを喜久治と呼んだそうではありやせんか！　天骨《てんこち》もねえ！　何か底巧《そこだく》み（企み）があるに違《ちげ》ェねえんだ。考えただけでも、そそ髪が立つ（ぞっとする）ぜ！」

「そうですよ。きっと、女将さんを肴《さかな》に宴席を盛り上げようと思っているに違いないんだ！　どうしても行くと言われるのなら、うちの亭主を連れてって下さいな。万が稀《まれ》、吉田屋が耳にかかるようなことを言ったり、女将さんが面皮《めんぴ》を欠くようなことになったら、こんな男でも、案外、穀《ごく》に立つ（役に立つ）かもしれませんからね。なに、この男まで客《ひと》として扱えと言っているわけじゃないんだ。供連れとして、部屋の隅で待たせてりゃいいんだからさ……」

おはまも小胸《こむね》の悪そうな顔をして、お葉を制した。

「こんな男とは、なんでェ！　黙って聞いてりゃ、言いてェ放題《ほうでえ》……。だが、女将さん、こいつの言うとおりだ。俺《おり》ャ、どうしても、吉田屋には底心《そこごころ》があるように思えてならねえ……。俺もお供いたしやしょう」

お葉は一笑に付した。

「莫迦《ばか》だね、おまえたちは！　何を心配してるのか知らないが、仮に、相手があたしの面皮を欠こうとしているのだとしても、生憎《あいにく》、あたしの面《つら》の皮は他人《ひと》さまの何倍も厚くできてるんでね。あたしが海千山千《うみせんやません》の世界で何年生きてきたと思う？　大概《たいがい》のことは経験済みで、現在《いま》じゃ、何があろうと痛くも痒《かゆ》くもないんだよ！　それに、考えてもごらんよ。吉田屋の御亭《ごてい》とうちの旦那は、昵懇《じっこん》の間柄だったんだよ。あたしが旦那と鰯《いわし》煮《に》た鍋《なべ》（離れがたい関係）となったときにも、所帯を持つように勧めてくれたのは助三郎さんだ。底巧みなんてあるはずもない！　助三郎さんがあたしに逢わせたい人がいると、敢えて権兵衛名を出したのには、何か理由《わけ》があるんだよ。ああ、逢ってやろうじゃないか、上等だ！」

「えっ、じゃ、一人で行きなさるんで？」

「そりゃそうさ。供をつけて行ったとあっては及び腰と取られ、日々堂のお葉は許せても、それじゃ喜久治の名が廃《すた》るんでね」

お葉は毅然《きぜん》と言い切った。

お葉の今日の装《よそお》いは、藍鼠《あいねず》の紋付裾《もんつきすそ》模様の友禅である。

立居《たちい》姿《すがた》では縫裾《ぬいすそ》模様は隠れてしまうが、左褄《ひだりづま》を取って歩けば右前身頃《みぎまえみごろ》に施《ほどこ》された金銀の梅模様がちらと顔を出す心憎いばかりの乙粋《おつ いき》な着物で、お葉が芸者をしていた頃に、甚三郎がわざわざ京の友禅師に作らせたものである。

お葉には甚三郎から贈られた掛け替えのない着物であり、これまで滅多に袖《そで》を通すことがなかったが、今朝、着物を選ぶ際、吉田屋の宴席に甚三郎と共に上がるつもりで、迷わず、これを選んだ。

帯は繻子《しゅす》に銀紅葉《ぎんもみじ》の刺繍《ししゅう》が入った上品な袋帯《ふくろおび》だが、あまり目立たぬように後ろで一つ結びにした。

それでも、帯の上に臙脂《えんじ》の扱《しご》きを結んだところがお葉らしい遊び心であろうか……。

今日は辰巳芸者として座敷に上がるのではなく、商家の主人として上がるのであるから、黒羽織《くろばおり》はつけないことにした。

ただ、化粧気のない顔に、紅《べに》だけは薄く引いた。

油堀を目掛けて歩いて行くと、見慣れたかすみ亭の玄関口が見えてくる。

吉田屋の宴席は二階の広間だと聞いていたので、勝手知りたる我が家とばかりに階段を上がって行くと、すでに宴もたけなわのようで、広間では、幇間の一人角力《ひとりずもう》が始まっていた。

一人角力とは、下帯《したおび》一枚となった幇間が力士二人に、呼出《よびだし》から行司《ぎようじ》まで演じる一人芝居のことで、まるで力士二人が取っ組み合っているかのように見せる幇間の演技が滑稽《こっけい》で、客席からはやんやの喝采《かっさい》、中には抱腹絶倒《ほうふくぜっとう》する者がいるほどであった。

一人角力は大道芸の一つであるが、こうして太鼓持ちの芸として座敷で演じられると、それはそれで趣《おもむき》のあるものである。

お葉は幇間の演技が終わるまで座敷の隅で待機していた。

すると、目敏《めざと》くお葉の姿を認めた助三郎が手招きをする。

お葉は腰を屈《かが》めて助三郎の傍《そば》に寄って行った。

どうやら、隣にお葉の席が作られていたようである。

「本日はお招きに与《あずか》り、まことに忝《かたじけ》のうございます」

お葉が深々と頭を下げる。

「堅苦しい挨拶《あいさつ》など止した、止した！」

助三郎が大仰《おおぎょう》に首を振る。

「なんと、喜久治、久し振りではないか……。そうか、現在《いま》は、喜久治と呼んじゃ拙《まず》かったんだね。だがよ、お葉さん、考えてみると、おまえさんに逢うのは、甚さんの野辺《のべ》送《おく》り以来だ……。なんと、すっかり、便り屋の女将らしくなったじゃないか！あたしはさァ、今日はなんとしてもおまえさんを引っ張り出したいと思ってよ。聞くところによると、おまえさん、宴席をことごとく断っているというじゃないか……。ふン、まっ、その気持は解《わか》らんでもないがね。が、あたしの席なら、おまえさんも出てくれるのじゃないかと思ってよ……。さあさ、そんなに鯱《しゃちこ》張《ば》ることはない。駆けつけ三杯。ほれ、あたしの盃《さかずき》を受けてくれ」

助三郎がてらてらと脂《あぶら》ぎった顔に笑《え》みを貼《は》りつけ、銚《ちょう》子《し》を突き出す。

「では、一杯だけ……」

お葉は盃を受けると、きゅっと飲み干した。

「おう、さすがは喜久……、いや、お葉さん！　どうでェ、この飲みっぷりは……。

ささっ、もう一杯！」

「いえ……」

お葉は蝶脚膳《ちょうあしぜん》の上に盃を伏せた。

「此の中、酒は一杯だけと決めていますんでね」

「ほう……。身体《からだ》の具合でも悪いとな？」

助三郎が驚いたといった顔をする。

「いえ、いたって息災にござんすよ。それより、旦那、あたしに逢わせたいお方とは？」

お葉が広間の客を見回す。

が、いない！　十名ほどいた客の粗方《あらかた》が、顔見知りであった。

なんだえ、いまさら逢わせたいもないだろうに……。

そう思ったとき、わっと座敷が湧《わ》いた。

一人角力にどうやら決着がついたようである。

幇間がころりと座敷に尻餅《しりもち》をついたかと思うと、やおら立ち上がり、行司に取って代わって、軍配《ぐんばい》を翳《かざ》して勝ち名乗りを上げる。

「いかんな！　ここは煩《うるさ》くて敵《かな》わない……。お葉さん、ちょいと座敷を替えるが、構わないね?」

助三郎はお葉を目で促《うなが》すと、席を立ち、廊下へと出て行った。

お葉も後に続く。

助三郎は広間の向かいの襖《ふすま》を開けた。

八畳ほどの座敷である。

どうやら、茶室として使うこともあるとみえ、座敷の隅に炉《ろ》が切ってある。

助三郎は後からついてきた仲居に、文哉《ふみや》に茶を運ばせてくれ、と囁《ささや》いた。

文哉……。

では、やはり、殿方なんだ……。

聞き覚えのない名前に、お葉が訝《いぶか》しそうな顔をすると、助三郎がにっと笑った。

「おまえさんは逢ったことがないと思うだろうが、実は、二十年近く前に逢っているんだよ」

「…………」

二十年近く前といえば、お葉が子供の頃である。

すると、父嘉次郎かよし乃屋、それとも、母の久乃に関係のある人物なのだろうか

……。

そう思ったとき、襖の外から声がかかった。

「文哉でござんす」

女の声である。

お葉がえっと助三郎を見る。

助三郎はふと目許《めもと》を弛めた。

「おう、文哉、待ってたぜ。入《へえ》んな！」

文哉と呼ばれた女は盆を手に座敷に入って来ると、お葉と助三郎の前に茶と菓子を配し、改まったようにお葉を見た。

「文哉と申します。まあ、おようさん、立派になられて……。二重《ふたえ》瞼《まぶた》のそのきりりとした目許！　なんと、旦那さまにそっくりじゃないか……。血は争えないもんだね」

「…………」

お葉は目を瞬《しばたた》いた。

文哉は四十路《よそじ》半《なか》ばであろうか、面長《おもなが》で中高《なかだか》、喜多川歌麿《きたがわうたまろ》の美人画に出てきそうな面《おも》差《ざ》しをしているが、どう考えても、この女に覚えはなかった。

滝縞《たきじま》の着物に昼夜帯《ちゅうやおび》、髷《まげ》は島田《しまだ》くずしといった風体《ふうてい》からみて粋筋《いきすじ》に違いないが、芸者や遊女ではないだろう。

すると、料理屋の女ごか、手懸《てかけ》（愛妾《あいしょう》）……。

文哉はふふっと肩を揺《ゆ》すった。

「おまえが憶《おぼ》えてるわけがないよね？　二十年近く前に一度逢ったきりだし、確か、あのとき、おまえは七、八歳だったんだもの……」

「実はね、文哉は当時おまえさんのおとっつァんの世話になっていたんだよ」

助三郎が割って入ってくる。

「おとっつァんの？」

お葉は絶句した。

父嘉次郎の世話になるということは、では、手懸……。

まさか、あの石部金吉金兜《いしべきんきちかなかぶと》（堅物）の嘉次郎に限り、そんなことがあるはずもない。

嘉次郎は商《あきな》い一筋の男で、たまに寄合で宴席に出ることがあっても、決して、内を外にするようなことはなかったのである。

「当時、文哉は堀川町《ほりかわちょう》の料亭で仲居をしていたんだが、あの堅物で通ったよし乃屋が、どういうわけか、文哉にとち狂っちまってね。文哉のほうもよし乃屋にぞっこんだったのだろう、心底尽《しんていず》くになるのにさほどときはかからなかった。やがて、東平野町《ひがしひらのちょう》に妾宅《しょうたく》を構えてさ……。そこまでなら、男の甲斐性《かいしょう》だ。大店の主人なら、手懸の一人や二人を持ったところで不思議はないからね。ところが、おとっつァんは根が生真面目《きまじめ》なものだから、女房と文哉の板挟《いたばさ》みになり、悩んだんだな。というのも、おまえさんのおっかさんは気位《きぐらい》の高い、権高《けんだか》な女ごだろ?」

ええ……、とお葉も迷わず相槌《あいづち》を打つ。

だが、それは久乃が気位の高い権高な女ごだったということを認めただけで、胸の内では、何ゆえ吉田屋がそこまでよし乃屋の内情を知っているのかと訝しんでいた。

助三郎がふっと頬を弛める。

「どうやら、おまえさんはあたしがよし乃屋と親しくしていたのを知らないようだね? まっ、それはそうだろう……。おまえさんは当時は子供だったし、喜久治と名乗り座敷に出るようになっても、あたしはよし乃屋のことには触れなかったからね。わざわざ忌《い》まわしき過去を思い出させることはないと思い、それで、日々堂の朋友という形でおまえさんに接した……。と、まあ、そんなわけなんだが、おまえさんも認めるように、あの女《ひと》は世間のかみさんのように泰然と構えていることが出来なくてさ。妾宅帰りの亭主を摑《つか》まえ、すぐさま女ごと別れろ切れろと包丁を振り翳すありさまでよ……。だが、よし乃屋は優柔不断《ゆうじゅうふだん》というか、文哉を切ることも、女房に退状《のきじょう》(離縁状)を書くことも出来なかった……。それで、あるとき、かみさんが文哉を御船蔵前町《おふなぐらまえちょう》まで呼びつけるや、当時まだ七、八歳だった娘の喉《のど》に包丁を突きつけ、すぐさま亭主と手を切れ、おまえがこの深川から出て行かないというのなら、今この場で娘の喉を掻《か》き切り、自分も後を追う、と迫った……。文哉はそのときのおまえさんの怯《おび》えた顔を見て、自分の存在が頑是《がんぜ》ないこの娘の運命を狂わせようとしているのかと、そう思ったそうでよ。それで、よし乃屋に行き先も告げず深川を去った……。なっ、そうだよな?」

助三郎が文哉を窺《うかが》う。

「許しておくれ……。あたしは現在《いま》でもあのときのおまえの目が忘れられなくてね。この娘からおとっつァんを奪っちゃいけないと思った……。けど、あたし、心《しん》からおまえのおとっつァんに惚《ほ》れてたんだよ。この男《ひと》と別れては生きていけないとまで思ってた……。それで、いっそ生まれ故郷の海に身を投じてしまおうと思い、安房《あわ》に戻ったんだよ。ところが、海とんぼ（漁師）をしていた父親《てておや》が時化《しけ》で舟を失ったばかりのところでさ……。あたしの姿を見るや地獄に仏とばかりに、一家を支えると思って身売りしてくれ、と家族全員に頭を下げられちまってさ。あたしも半《なか》ばやけっぱちになっていたもんだから、いいさ、どうせ死ぬ気で国許《くにもと》に戻ったんだ、死んだつもりで年季を勤めりゃいいんだからと、請《こ》われるままに女衒《ぜげん》に身を売り渡したんだよ。ところが、いささか薹《とう》が立ちすぎてたあたしにゃ、新吉原《しんよしわら》なんてとんでもない！　三流どころの岡場所を流れ流れて落ち着いた先が、谷中天王寺《やなかてんのうじ》前のいろは茶屋……。けど、あたしは心を鬼にして稼いだよ。二度と男には惚れない、吝《しわ》ん坊《ぼう》（吝嗇《けち》）と後ろ指を指されても、平気平左衛門《へいきへいざえもん》を通してさ……。年季が明けてからは、自前でも稼いだ。そうして、居酒屋の一軒でも出せるだけの金を溜《た》めて、三月《みつき》前、深川に戻ってきたのさ。よし乃屋の旦那や内儀《おかみ》さん、そして、あのときの娘はどうしているかと気にかかって仕方がなかったからね。あれから、あたしは感情というものを一切《いっさい》殺して生きてきたが、せっかくあたしが我が身を捨てて護《まも》った娘だもの、幸せに暮らしていてくれたら、少しは報《むく》われるのじゃないかと思ってさ……。それなのに、なんてことだえ！　あの後、よし乃屋が身代限《しんだいかぎ》りとなり、旦那が首括《くびく》りをしたなんてさ……。そんな莫迦なことってあるかい？　あたしさァ、目の前が真っ暗になっちまって……。それで、一体、よし乃屋に何があったのか知りたくて、吉田屋の旦那を訪ねたんだよ」

助三郎が、ああ……、と頷《うなず》く。

「文哉とは、仲居時代からの付き合いでね。よし乃屋と文哉が鰯煮た鍋になったことも知っていた……。それで、あたしの知っていることはすべて話してやったんだが、一時期、おまえさんが辰巳芸者として名を馳《は》せたことや、便り屋日々堂の主人に請われて女将となったことを話すと、ひと目、成長したおまえさんの姿を見てみたいと言ってね。それで、恵比須講の席を利用させてもらうことにしたんだよ。何しろ、こんなことでもなければ、おまえさん、出て来てくれないだろ？　なんといっても、現在《いま》では、日々堂の女主人として、競肌《きおいはだ》の男衆《おとこし》を束《たば》ねている身なんだからよ。うちの番頭など、日々堂の女将に招待状を出したところで来やしやせんぜ、此の中、あの女将は誰が招待しようとすべて断っているそうでやすからね、と言ったんだがね……。だが、あたしは、このあたしが喜久治の名を出せば、きっと、おまえさんは昔の誼《よしみ》で顔を出してくれると信じていた……。どうだえ、おまえさんは来てくれたじゃないか！　それだけでも、あたしは嬉《うれ》しくってね……。おっ、いけない！　あんまり長いこと亭主が宴席を留守にしたんじゃ、他の客に臍《へそ》を曲げられちまう。じゃ、後は、二人で話してくれ。膳をこちらに運ぶように伝えておくからよ」

助三郎はそう言い置いて、座敷を出て行った。

お葉と文哉が、どちらからともなく顔を見合わせる。

「さぞや、驚いただろうね。けど、あたしは安心した……。だって、あのときのお嬢がこんなに美印《びじるし》（美人）となってるんだもの！　吉田屋の旦那から聞いたよ。おまえ、いろいろあったんだってね？　あらっ、大店の女主人を摑まえて、おまえなんて呼んじゃいけなかったかね？」

「いえ、いいんですよ。現在《いま》でこそいっぱしの女主人って顔をしていますけど、元を糺《ただ》せば、俠《きゃん》で鉄火《てっか》を売りにしてた辰巳芸者ですからね。これまで、あたしも、おまえ、あっち、で通していたんですよ」

お葉が微笑《ほほえ》む。

「そうかえ。それを聞いて、気が楽になったよ。けど、おまえ……。可哀相《かわいそう》に、心底尽くとなった旦那とようやく所帯が持てたというのに、一緒に暮らせたのはわずか半年というじゃないか。急な病だったんだって？」

「ええ、心の臓の発作で、それはもう、呆気《あっけ》ないもんでした」

「それは、いつ？」

「二年前の八朔《はっさく》（八月一日）のことでしてね。以来、あたしは亭主の忘れ形見の清太郎や、見世を護ることだけに夢中で……。けど、甚三郎は死んじゃいませんよ。清太郎の中に、このあたしの中に、現在《いま》もしっかと生きていますからね。寂《さみ》しくないといえば嘘《うそ》になるけど、日頃は寂しいなんて思う間もないほど忙しくて……。店衆は皆家族だ……。それが甚三郎の口癖でしたからね。ふふっ、現在《いま》じゃ、すっかりあたしの口癖となっちまったが、そんなわけで、店衆の皆に気を配ってやらなきゃならないし、女主人、年中三界《ねんじゅうさんがい》、暇なしってところですかね」

「忘れ形見って、まさか、おまえと旦那の?」

「いえ、あたしは後添《のちぞ》いでしてね。清太郎は八歳……。素直な良い子なんですよ。あたし、あの子を遺《のこ》してくれた旦那に、毎日、手を合わせてるんですよ」

「おまえは偉いよ! あたしさァ、おまえの身の上を聞いて、どこかしら、あたしの境遇と似ていると思ったが、あたしの場合は、端《はな》から女房持ちと知ったうえで、よし乃屋の旦那に惚れたんだもんね。横紙《よこがみ》を破ろうたって、そうは虎《とら》の皮! 罰《ばち》が当たって、流れの里(遊里)に落ちたんだから文句は言えないが、おまえは筋を通して後添いの座に収まり、亭主の死後も、生《な》さぬ仲の息子を育ててるんだもんね。だって、そうだろう? おまえはまだ若いし、そんなにお弁《べ》天(美人)だというのにさァ……。常並《つねなみ》な女ごなら、亭主に死なれたが最後、さっさと逃げだし、別の男を捜《さが》すだろうさ」

「逃げたところで、甚三郎より良い男がいるとは思えませんからね……。あたしは現在《いま》も甚三郎が護っていてくれると信じているし、清太郎や店衆が傍にいてくれるだけで幸せなんですよ」

「おや、のろけかえ？　言ってくれるじゃないか！　ところでさ、聞き辛《づら》いんだけど、おまえのおっかさんは現在《いま》どうしてるのさ？　それがさァ、吉田屋の旦那が曖昧《あいまい》に言葉を濁《にご》すもんでね……。おまえやおとっつァんを捨てて逃げたとしか言ってくれないのさ」

お葉は辛そうに眉根《まゆね》を寄せた。

「あの女《ひと》は大坂から来た陰陽師《おんみようじ》に入れ揚《あ》げ、見世の金を持ち出して逃げてしまったんですよ。それで、たちまち資金繰《ぐ》りに詰まったおとっつァんが高利の金に手を出し……」

「それで、身代限りとなった……。ああ、なんてことなんだえ！」

文哉が怒りに燃え、ぶるぶると身体を顫《ふる》わせる。

「でも、現在《いま》、解りました」

お葉が納得したようにそう言うと、文哉は訝しそうに首を傾《かし》げた。

「お待たせしました」

襖の外から声がかかり、仲居が膳を運んで来る。

お葉はぼんやりと仲居の動きを眺めていた。

薄衣《うすぎぬ》で覆《おお》われた過去の思い出が、今少しずつ、剝《は》がれていくように思えたのである。


元々母の久乃は日本橋大伝馬町《おおでんまちよう》の太物商《ふとものあきない》柏屋《かしわや》の末娘で、太物商としてまだ駆け出しの嘉次郎の許《もと》に、大枚《たいまい》の持参金つきで輿入《こしい》れしたという。

久乃の父親が、この男なら娘の将来を託せると、嘉次郎の商才を見込んだのである。

嘉次郎は柏屋の期待を裏切らなかった。

久乃を内儀《ないぎ》に迎えると、持参金を元手に商いを広げ、またたく間に身上《しんしよう》を肥《こ》やし、一人娘のおようが五歳を迎える頃には、深川でも指折りの大店に数えられるようになっていたのである。

が、傍《はた》には順風満帆《じゅんぷうまんぱん》に見えても、何事も甘《うま》く廻《まわ》っていたかというと、そうでもない。

その頃になり、嘉次郎と久乃の間に秋風が立つようになっていたのである。

元々、二人は相惚《あいぼ》れで結ばれたわけではなく、久乃には自分の持参金がよし乃屋を大店にのし上げたのだという自負があり、何かにつけて嘉次郎を見下すようなところがあった。

生真面目で温厚な嘉次郎は、それでもよく堪《た》えた。

振り返るに、おようは久乃が高飛車《たかびしゃ》な口調で嘉次郎を鳴り立てていたことしか思い出さない。

が、幼いおようには、久乃が何に業《ごう》を煮やし、耳を塞《ふさ》ぎたくなるほどの金切り声《かなきりごえ》で、嘉次郎をあれほど罵《ののし》らなければならなかったのか、理解できなかった。

記憶に残るのは、久乃に鳴り立てられても、決して手を上げることも口答えすることもなく、寡黙《かもく》に、じっと堪え忍ぶ嘉次郎の姿……。

おとっつァん、可哀相……。

子供心にも、おようは背後からそっと抱き締《し》めてあげたい、そんな衝動に駆られたものだった。

「この娘《こ》があたしに懐《なつ》かないのは、おまえさんのせいだ！　おまえさんが猫可愛《ねこかわい》がりをするもんだから、母親のあたしによそよそしい態度を取るんだよ！」

何度、嘉次郎は久乃にそう憎体《にくてい》に責められたことだろう。

久乃という女《ひと》は、およそ、情愛のかけらもない女だった。

おようの気を引こうとして、子供には贅沢《ぜいたく》と思える着物や菓子、玩具《おもちゃ》などを与えるのだが、久乃のすることはどこかしらうそ寒く、おようの世話は乳母《うば》に委《まか》せきりで、一度として、愛撫《あいぶ》してくれたことがないのである。

でも、いいんだ。あたしには優しいおとっつァんがいるし、婆《ばあ》やだっているんだもん！

おようは心《しん》からそう思っていたのである。

そして、ああ……。そうだった！

なぜ、これまで、あの忌まわしい出来事を失念していたのであろうか……。

お葉は記憶を塞いでいた薄衣が、はらりと剝がれるのを感じた。

久乃に呼ばれ、何がなんだか解らないまま客間に入って行くと、いきなり抱え込まれ、喉に出刃《でば》包丁を突きつけられたときの、あの恐怖！

久乃の目は、夜叉《やしや》のように吊《つ》り上がっていた。

「この娘の喉《こ》を掻き切り、自分も後を追ってやる!」

前後を忘れ、気がふれたかのように甲張《かんば》った声を張り上げた久乃……。

およう は驚愕《きょうがく》のあまり硬直し、声を上げることすら出来なかった。

確かあのとき、客間には、嘉次郎の他にもう一人女ごがいたように思う。

ああ……、それが、文哉だったのだ!

だが、何ゆえ、今までそのことを忘れていたのであろうか。

いや、忘れていたのではなかろう。
七、八歳の子供には、その後立て続けに起きた出来事の衝撃が強すぎて、だから、敢えて心の奥底に隠蔽《いんぺい》してしまったのではなかろうか……。
あれ以来、お葉は陰陽師と一緒に逃げた久乃を、ひたすら恨《うら》み続けた。

陰陽師……。

お葉の胸で、ことんと何かが音を立て、再び、薄衣がはらりと剝がれたように思った。

「なんだえ、ぼんやりしちまって! おまえ、まるで心ここにあらずじゃないか。せっかく吉田屋の旦那が仕度《したく》して下さったご馳走《ちそう》だ。遠慮なく、頂くことにしようじゃないか」

文哉に言われ、はっとお葉は我に返った。

一の膳には、先付《さきづけ》、刺身《さしみ》、椀物《わんもの》、酢の物、炊《た》き合わせ。

そして、二の膳に、焼鯛《やきだい》の尾頭《おかしら》付き、三の膳が赤飯、留椀《とめわん》、香《こう》の物《もの》、水物《みずもの》……。

「かすみ亭に上がったのは初めてだが、さすがは深川の料理屋だね。平清《ひらせい》や山古《さんこ》には敵《かな》わないが、ここもなかなか良い料理を出すじゃないか！　そうだ、おまえは売れっ子芸者だったんだから、平清にはたびたび上がってたんだろう？」

文哉が椀物の蓋《ふた》を取り、おお、松茸《まつたけ》だ、と相好《そうごう》を崩《くず》す。

「ええ、まあね……」

「へえェ、やっぱりね。あたしみたいな場末の料亭の仲居とは格が違うよ。けど、現在《いま》のあたしにゃ、その場末の料亭も開けやしない！　金を溜めたといっても、せいぜい、煮売酒屋《にうりざかや》か一膳飯屋《いちぜんめしや》くらいしか出せないんだろうからさ……。ああ、美味《うま》い！

松茸の香りが立って、胃の腑《ふ》が洗われるようだよ」

それからは、二人は黙々と箸《はし》を動かした。

が、刺身を平らげた文哉が、突然、手を止め、お葉を睨《ね》めつけた。

「おまえ、さっき、現在《いま》、解ったと言ったよね？　何が解ったのかえ？　さっきから気になってしょうがないんだが、おまえ、あれっきり何も言おうとしないんだもの

「……」

ああ……、とお葉も箸を止める。

「あたし、今まで、おっかさんがおとっつァんとあたしを捨てて陰陽師の許に走ったのは、女ごの性《さが》がさせたことと思っていたんですよ。けど、あの女《ひと》をそこまで追い詰めたのには、理由《わけ》があった……。文哉さんの話を聞いて、それが解ったような気がしてさ。おまえさんが狂おしいほどまでにおとっつァんに惚れたように、あの女《ひと》はあの女《ひと》なりに、おとっつァんに惚れてたんだよ！　けど、自我が強く気位の高い女だから、それを上手《うま》く表現できなかった……。言葉や態度で表そうとすればするほど、持ち前の気位が邪魔をして、背《そむ》けて言ってしまうんだよ。それで、おとっつァんの気持はますます文哉さんへと傾き、そのたびに、おっかさんが肝精《きもせい》（焼き餅《もち》）を焼いた……。何もかもが悪いほうへ悪いほうへと空回《からまわ》りをし、あたしの喉に包丁を突きつけたときには、あの女《ひと》、完全に心気病《しんきやまい》に罹《かか》ってたんじゃなかろうか……。とても、尋常な人のすることじゃないからね。それに、これはつい今し方気づいたんだけど、陰陽師に入れ揚げたのも、その男《ひと》を男として慕《した》ったからではなく、おとっつァんのことで気鬱《きうつ》の病に陥《おちい》りかけていたおっかさんが、祈禱《きとう》に縋《すが》ったからじゃなかろうかと思えてきてさ……。見世の有り金を持ち出し出奔《しゅっぽん》したのは、陰陽師に唆《そそのか》されたこともあるだろうが、案外、あの女《ひと》のおとっつァんへの復讐《ふくしゅう》だったのかもしれないと思ってね。だって、女房に他の男と逃げられるなんて、男にしてみれば屈辱《くつじょく》だからね。おっかさんはおとっつァんに屈辱を味わわせたかったんだよ！　見世の金を持ち出したのも、常に、おっかさんの腹の中に、よし乃屋をここまでにしたのは自分だという自負心があったから……。そう思うと、あの女《ひと》も辛かったんだろうなと思えてきてさ。惚れた男と手に手を取り合って逃げたのなら別だが、復讐のためにしたことだとすれば、とてものこと、幸せには程遠い……」

お葉はそこまで言うと、あっと息を呑《の》んだ。

文哉の頰を、つっと涙が伝い落ちたのである。

「ごめんよ。済まなかった……。結句、あたしがおまえたち家族の運命を狂わせちまったんだね……。けどさ、どんなに罵られようと構わない。あたし、旦那に、嘉次郎さんに出逢っちまったんだもの。出逢っちまったから、惚れちまった……。ううん、現在《いま》も惚れてる！　これから先もずっと……。あれから流れの里に身を落とし、あたしの身体《からだ》を何人の男が通り過ぎていっただろう。けど、後にも先にも、あたしには、あん男《ひと》ほど、愛《いと》しい男はいなかった。これが、宿世《すくせ》の縁なのかもしれないと思ってさ。ウッウウ……。許しておくれ。どんなに謗《そし》られようと、蔑《さげす》まれようと、あたしの心からあん男《ひと》を追い出すわけにはいかないんだよ……」

文哉は袖の中から手拭《てぬぐい》を取り出すと、顔に当て、ウウッと肩を顫《ふる》わせ続けた。

お葉には、文哉の気持が痛いほどに解った。

文哉が嘉次郎を想《おも》う気持と、お葉が甚三郎を想う気持には、少しも違いがないのである。

どんなに誘られようと、蔑まれようと……。

文哉の言葉は、お葉の言葉でもあった。


日々堂の暖簾《のれん》を潜《くぐ》ると、帳場で算盤《そろばん》を弾《はじ》いていた正蔵が顔を上げ、慌《あわ》てて厨《くりや》に向けて大声を上げた。

「おい、女将さんのお帰《けえ》りだ！」

厨から、おはまが転げるように駆け出て来る。

おはまはお葉の腕を摑むと、茶の間へと引っ張って行った。

「それで？」

「女将さんに逢わせてェとは、一体《いってえ》、誰のことでやした？」

「男でしたか？　それとも女ご？」

おはまと正蔵が気を苛《いら》ったように畳《たた》みかけてくる。

「なんだえ、いきなり……。着替える間も待てないのかえ？　今、着替えてくるから、おはま、お茶を淹《い》れとくれ」

お葉は寝間へと入って行った。

そうして、結城《ゆうき》の常着《つねぎ》に着替え、茶の間に戻ってみると、正蔵が蕗味噌《ふきみそ》を嘗《な》めたような顔をして、煙管《キセル》を吹かしていた。

おはまが長火鉢《ながひばち》の猫板《ねこいた》に湯呑《ゆのみ》を置く。

「ああ、有難《ありがと》う」

正蔵は灰吹《はいふ》きに雁首《がんくび》をパァンと打ちつけると、お葉に目をくれた。

「焦《じ》らさねえで、早《はえ》ェとこ話して下せえよ。今、おはまと話してたんだが、女将さんのその浮かねえ顔からして、やっぱ、吉田屋の座敷で面白くねえことがあったんじゃなかろうかと……。で、一体《いってえ》、誰にお逢いになりやした？」

お葉は茶を一口含み、ふふっと肩を揺らした。

「なんだえ、おまえたち、そんなことを心配していたのかえ……。面白くないことなんてあるわけがない。いえね、亡くなったあたしの父親《ておや》と相惚れだったという女《ひと》に引き合わされてね」

「…………」

「…………」

正蔵もおはまも、狐《きつね》につままれたような顔をする。

「あたしも子供の頃に逢ったことがあるというんだけど、あたしは父親《ておや》を石部金吉金兜と思っていたからね。というか、母親にあまりよい思い出がないもんだから、それで、父親を仕事一筋の堅物と偶像化していたのかもしれないが、臭《くさ》いものには蓋をしろとばかりに、過去の忌まわしき想いをすっかり失念してしまっていたもんでね……」

「けど、なんでまた、今頃になって、そんな女ごが……」

おはまが喉に小骨でも刺さったかのような顔をする。

お葉はふうと太息《ふといき》を吐《つ》くと、たった今、文哉から聞いて来たことを二人に話した。

「ああ、じゃ、そのことだったんだ……」

お葉が話し終えると、おはまが、ねえ、おまえさん、と正蔵を窺う。

正蔵も渋顔《しぶがお》をして、頷いた。

「そのこととは……」

今度は、お葉が訝しそうな顔をする。

「いえね、実は、旦那が女将さんを後添いにしてェと言い出しなさったとき、正《まさ》なにいつも素直に賛成できやせんでしてね。後添いを貰《もら》うことには異存はねえんだが、つまり、そのう……」

正蔵の言い辛そうな顔を見て、お葉が引き継《つ》ぐ。

「其者上がりの女ごなんて、と言いたいんだろ？　そのくらい解っていたさ」

「いえ、でも、それはすぐに俺たちの先入観だったと反省しやした。旦那の目に狂いはなかったんだ！　女将さんほど日々堂の女将に相応《ふさわ》しく、また清太郎坊ちゃんの母親に適した女ごはいなかったんだからよ。けど、俺たちゃ、旦那から喜久治ほど日々堂に相応しい女ごはいねえ、何より、俺はあの女ごに惚れきっている、俺を信じて温かく迎えてやってくれねえかと頭を下げられても、まだ疑心暗鬼《ぎしんあんき》でよ。それで、友七親分に相談しやしてね。旦那の話じゃ、親分は女将さんが子供の頃から親しくしていると聞いたもんで、親分に訊《き》けば、喜久治という芸者がこれまでどんな来《こ》し方《かた》をしてきたのかが判《わか》ると思ってよ……。いや、別に、旦那を信用していなかったというわけじゃねえから、誤解しねえでもらいてェんだがよ」

正蔵の狼狽《うろた》えぶりがおかしくて、お葉が茶を入れる（冷やかす）。

「それで、なんだって？　夜な夜な男を誑《たぶら》かす、女狐《めぎつね》とでも言ったかえ？」

「い、い、いてんごうを！　親分は女将さんのことをべた褒《ぼ》めでさ。深川広しといえど、あの女ごほど気《き》っ風《ぷ》がよくて、他人《ひと》の面倒見もよく、心根の優しい女ごはいねえ、俺に嬶《かかあ》がいなければ、誰が指を銜《くわ》えて甚さんにくれてやろうかよ、さっさと俺がかっ攫《さら》っていくぜと、そんなふうに言いやしてね。そのとき、親分がちらと洩《も》らした言葉が、喜久治も可哀相《かえそう》な女ごでよ、大店の娘に生まれながら、父親《てておや》のびり出入《でいり》（男女関係のもつれ）が原因《もと》で、一家離散のうえに、てめえは左褄を取る（芸者になる）はめになっちまったんだからよ、だが、良かった、気丈な喜久治といっても、あの世界に入《へえ》ると、いつまた、父親のようにびり出入に巻き込まれるやもしれねえと案じていたが、心底尽くとなったのが、日々堂甚三郎だもんな……、とそう言ってよ。俺もおはまも首を傾げてよ。父親のびり出入が原因で一家離散とは、そりゃ一体《いってえ》どういうことなのかと親分を質《ただ》したんだが、余計なことを喋《しゃべ》ったとでも思ったのか、それきり口を噤《つぐ》んじまってよ……」

「そうなんだよ。あたしたち、胸の中に咀嚼《そしゃく》できないものを抱えたみたいで、すっきりとしなくってさ……。けど、女将さんを迎えたその日から、胸の支《つか》えなどどこへやら……。まるで、十年も前から女将さんのことを知っているかのような気分になり、過去のことなんて、もうどうでもいいやって思ってたんですよ。けど、今の話じゃ、女将さんは詳しいことを何も知っちゃいなさらなかったってことですね」

「子供だったからね。おっかさんから受けた恐怖の記憶はあっても、大人の間で何が起こったのかまでは……。おそらく、親分はあたしを気遣《きづか》い、敢えて、詳しいことまで話そうとしなかったんだと思うよ」

「けど、悔しいじゃないか！　その文哉とかいう女ご、よく、いけしゃあしゃあと出て来られたもんだよ。謝りたかっただなんて、いまさら謝られたって、取り返しがつかないじゃないか！」

おはまが忌々《いまいま》しそうに言う。

「そうじゃないんだよ。文哉さんは深川で小体《こてい》な見世を出せるだけの金を溜めて戻って来たが、あたしがその後どうなったかが心配で、仮に、あたしが不幸な境遇に陥っていたとしたら、その金で救おうとまで思っていたそうなんだよ。ところが、自分が身を退《ひ》けば何もかもが元の鞘《さや》に収まると思っていたことが猿利口《さるりこう》（浅知恵）にすぎなかったと知ってね。幸い、あたしは日々堂の女将となっていたんで、それには少し安《あん》堵《ど》したようだが、文哉さんはよし乃屋を破滅に追い込んだのはこの自分の存在だった、許してくれ許してくれと、何度もあたしに頭を下げてさ……。あたしさァ、あの女《ひと》の言葉が忘れられなくてね。正直な女《ひと》なんだよ。おとっつァんに惚れたことを微塵《みじん》も後悔していなくてね……。どんなに謗られようが、蔑まれようが、あたしの心からあん男《ひと》を追い出すわけにはいかない、とそう言ってさ……。重かったなあ、あの言葉……。ズシンと、あたしの胸の中に居坐《いすわ》っちまったよ」

お葉は文哉の切れ長の目を思い出していた。

涼やかな目許の奥に秘められた、激しいまでの嘉次郎への想い……。

おとっつァんはそれほどまでに愛《いと》しく思われたのだと思うと、お葉は嘉次郎も文哉も許せるように思えた。

「さいですね。いけねえや……。文哉って女ごの話なのに、なんだか旦那と女将さんの話を聞いてるような気がして、泣けてきやがった……」

正蔵が洟《はな》を啜《すす》り上げる。

「莫迦だね、この男《ひと》は！　現在《いま》は、女将さんのおとっつァんと文哉って女ごの話をしているというのに、旦那の話にすり替えるなんてさ！」

「解ってらァ、そのくれェ！」

お葉は正蔵とおはまを眺め、ふっと頰を弛めた。

顔を合わせれば歯に衣《きぬ》を着せずにポンポン言い合っているように見えても、きっとこの二人も、他の誰も取って代われぬ宿世の縁で結ばれているのだろう。

旦那に、嘉次郎さんに出逢っちまったんだもの。出逢っちまったから、惚れちまった……。

うぅん、現在《いま》も惚れてる！　これから先もずっと……。

文哉の言葉が甦《よみがえ》る。

文哉には、嘉次郎と過ごした数年間が、掌中《しょうちゅう》の玉のように愛しいのであろう。

そして、この自分にも、甚三郎と過ごした蜜月は掛け替えのないものであり、これから先も、その思い出を糧《かて》に、清太郎と共に生きていこうとしているのである。

「じゃ、要律寺にお詣《まい》りした女《ひと》って、その文哉さんだったのかしら？」

おはまが唐突に訊《たず》ねる。

「えっ、ああ、おそらく、そうなんだろうね」

「嫌だ、女将さん、文哉さんに訊かなかったんですか？」

「ああ、何しろ、他のことで頭の中が一杯となり、すっかり忘れてたんでね」

「このぼけ茄子《なす》が！　文哉に決まってるだろうが！　他に誰が詣ろうかよ」

正蔵に言われ、おはまがムッとしたように睨《にら》みつける。

「何を言ってるんだい！　そんなことは判らないじゃないか。男と逃げたおっかさんが舞い戻ったのかもしれないし、案外、文哉とは別に、他にも女ごがいたのかもしれないしさ！」

おはまはそう言ったが、とんでもない失言をしたとでも思ったのか、首を竦《すく》め、上目遣《うわめづか》いにお葉を窺った。

「済んません……」

「このどち女《あま》が！　い、い、いてんごうにしたって、言ってよいことと悪いことの区別もつかねえとはよ！」

正蔵がカッと目を剝《む》く。

「いいんだよ。それほど女ごにもてるおとっつァんなら、逆に、褒めてやりたいくらいだよ！」

お葉はあっけらかんとした口調で言ったが、鳩尾《みぞおち》のあたりがじくりと疼《うず》くのを感じた。

お葉が厨に入って行くと、麹《こうじ》の匂《にお》いがつんと鼻を衝《つ》いた。

お端下《はした》のおせいがべったら漬《づ》けの一斗樽《いっとだる》に手を突っ込み、次から次へと取り出しては、お端下のおつなが手にした桶《おけ》へと移しているのである。

「おやっ、ずいぶん匂うこと！」

お葉は思わず袂《たもと》で鼻を塞いだが、どれどれと一斗樽の傍に寄って行く。

「麹の匂いは決して悪いもんじゃないんだけど、こう大量にあったんじゃね……。今宵《こよい》は、夕餉《ゆうげ》のお菜《さい》を一品減らしてでも、皆にたらふく食べてもらいますよ。けど、べったら漬けは二樽もあるんだ。女将さん、どうします？　べったらは浅漬《あさづけ》なんで、あんまし日保《ひも》ちがしないし、うちだけじゃ、とても食べきれませんからね」

おはまが里芋《さといも》と蛸《たこ》の含め煮の味見をしながら、お葉を振り返る。

「近所にお裾分《すそわ》けをするより仕方がないじゃないか。そうだね、べったら漬けは親分の好物だ。古手屋《ふるてや》に分けるとして、後は、権兵衛店のみすず……。そうだ、米倉にも届けるといいよ！　良作を遣いにやれば、おてるの顔が見られて悦《よろこ》ぶだろうからさ」

「あっ、入船町にね。それはよい考えだ！　けど、山源がこんなに大量にべったら漬けをくれるなんて、一体、どういう風の吹き回しなんだろう……。そりゃ、あたしだって、昨日（十月十九日）がべったら市だということくらい知っていますよ。山源が大伝馬町からさほど遠くないってこともね。けど、樽に貼りつけてあった熨斗《のし》に、寸志とありましたでしょう？　寸志にしては、いささか大仰すぎやしませんか？　一斗樽を二つもなんて……」

おはまが憎体に言う。

「山源は先だってのことがあり、後ろめたいのさ。おそらく、詫《わ》びのつもりもあって、くれたんだろうさ」

「だから、それが気に食わないってェのさ！　毒でも入ってなきゃいいんだけどね」

「おはま！　物騒なことを言うもんじゃないよ。山源が下手《したて》に出て、礼を尽くそうとしているんだもの、有難く頂戴《ちょうだい》すればいいのさ」

お葉が窘《たしな》めると、味噌汁の出汁《だし》を取っていたおちょうがちょっくら返す。

「おっかさんたら、そんなことを言っちゃってさ！　さっき、毒味をしてみなきゃなんて、べったら漬けの端っこを摘《つま》み食いしてたじゃないか！」

まあ……、とお葉が呆《あき》れ返った顔をする。

「へへっ、おちょう、見てたのかえ……」

おはまは首を竦めてみせた。

「おはま、どうした、毒が入ってたかえ？　その顔は美味《うま》かったって顔だよ！　べったら漬けは、なんといっても大伝馬町だからね。それにさァ、決して下直《げじき》（安価）じゃないというのに、こんなに大量にくれたんだもの、山源に感謝しなくちゃならないよ」

お葉はそう言うと、お裾分けの中に、蛤町の置屋喜之屋《きのや》と、材木町の石鍋重兵衛の分も入れておくようにとおせいに命じ、茶の間に戻った。

茶の間では、龍之介が文机《ふづくえ》に向かって代筆をしていた。

「ご苦労だね。まだしばらくかかるかえ？」

お葉が茶の仕度をしながら、龍之介の背に声をかける。

「いえ、今日は、もうこれで終《しま》いです」

龍之介が封書の上にさらさらと宛名書きをしたため、お葉を振り返る。

「久し振りですね。戸田さまがここで代筆をするのは……」

「此の中、佐之助が一人では寂しかろうと思い、蛤町の仕舞た屋《しもたや》で代筆をやっていましたからね。だが、佐之助も杖《つえ》をつきながら歩けるようになった。しかも、あいつ、手習を習いたいなんて言ってたが、三日で音《ね》を上げちまってよ。俺《おり》ャ、やっぱり身体を動かすほうが性《しょう》に合ってるなんて言って、俺をご用済みにしちまったもんでね」

お葉は猫板に湯呑を置くと、わざとらしく顔を顰《しか》めてみせた。

「なんと、佐之助らしいじゃないか！　けど、それだけ身体が恢復《かいふく》したってことなんだから、悦んでやらなきゃね」

「そう言えば、山源から大量のべったら漬けが届いたとか……。そうか、昨日は、べったら市だったのか！　美味そうだなァ……。俺はこいつに目がなくってね」

「あら、だったら、今宵は戸田さまもここで夕餉を食べていって下さいまし。清太郎が悦びますよ」

「そうさせてもらおうかな……。実は、現在《いま》、不手廻り《ふてまわ》（金欠）なことこのうえなく、いささか心細く思っていたので、助かります」

龍之介が気を兼ねたように言う。

「あら……。まっ、水臭いことを！　だったら、早くそう言って下さればよかったのに……。あたしも思っていたんですよ。朝餉《あさげ》や中食《ちゅうじき》はここで摂《と》って下さるからいいけれども、毎日、夕餉を外でなさるんじゃ、大して手当を貰っていなさらないというのに、さぞや大変だろうと……。じゃ、さっそく、今宵から夕餉もうちで一緒に食べていただくことにして、月末まではまだしばらくありますよ。今月分の手間賃を先払いしましょうか？」

「いや、それには及ばない。そこまでしていただいたのでは……。では、夕餉だけ、遠慮なく、頂くことにします」

「けど、戸田さまにも道場仲間との付き合いがおありでしょう？　殿方だもの、某《なにがし》かのお金を持っていなければ……。気になさることはないんですよ」

「だが、前借り、前借りと続けていたのでは、今に示しがつかなくなる」

お葉は、アッハッハッハ、と笑い飛ばした。

「前借りと考えるからじゃないですか！　特別手当と思えばいいんですよ。だったら、気を兼ねることはないでしょ？　戸田さまはでんと構えてりゃいいんですよ！」

「…………」

龍之介は唖然《あぜん》とお葉を見た。

この女《ひと》にかかっては、いつもこうである。

いじいじと小さなことに拘《こだわ》っていると、あたしに委せときなとばかりに、いつかしら、お葉の懐《ふところ》の中に取り込まれているのだった。

女ごにしておくのは実に惜《お》しい女《ひと》である。

「そうだ！　あの望月とかいうご浪人、今川町《いまがわちょう》の七福《しちふく》という質屋で仕事が貰えたんだって？　正蔵が戸田さまが斡旋《あっせん》したと言っていたが、用心棒でもやるのかえ？」

お葉が二番茶を淹れながら、思い出したように言う。

「いえ、帳付《ちょうづけ》です。算術に覚えがあるというものだから、七福の番頭に話してみたら、たまたま帳付に空《あ》きが出たばかりとかで、とんとん拍子《びょうし》に話が決まりましてね。申し訳ありません。本来ならば、日々堂を通すべきだったのでしょうが、差出《さしで》をしてしまいました……」

龍之介がぺこりと頭を下げる。

「なに、いいってことさ。第一、うちと七福は取り引きがないんだ。確か、あそこは佐賀町《さがちょう》の丸善《まるぜん》だったと思うが、七福はよく口入屋を通さずに話を進める気になったね。よほど戸田さまは七福に信頼されてるんだ」

「いえ、信頼なんて……。七福の息子が川添道場に通っていましてね。商人《あきんど》の息子にしてはなかなか筋がよいので、それで、目をかけてきただけです」

龍之介が気を兼ねたように言う。

「そうかえ……。だったらいいが、お店《たな》に奉公人の世話をするということは、何かことが起きた場合に、間に入った者が責任を問われるということでもあるんだ。それで、口入業が必要となるんだが、戸田さまにはその覚悟がおありの上で望月さまを?」

お葉は龍之介を睨めつけた。

「覚悟とは……。ああ、俺は奴を信じている。そう思ったから七福に紹介したんだが、仮に、何かことがあれば、むろん、俺が責任を取るつもりだ！」

龍之介はきっぱりと言い切った。

おやまっ、とお葉はくすりと笑った。

「いつの間に、そんなに親しくなられたんだろ！　けど、その覚悟を聞いて、あたしも安堵しましたよ。いえね、あの方には六助を助けてもらったことでもあるし、あたしも何かして差し上げなければと思っていたんですよ。だが、正蔵の話では、これまで何をやっても長続きしなかったというし、戸田さまもやっとうの腕は今ひとつと言うじゃないか……。それで、さあ困った、一体、どんな仕事を斡旋すればよいのかと困《こう》じ果てていたんだが、そうかえ、算術に覚えがあると……。なら、これまでのように三日で暇を出されるなんてことはないだろうが、もう一つ気懸《きが》かりなのは、商売柄、金品を扱うだろ？　それで……」

「望月が見世の金品に手をつけるとでも？　まさか、それはない！　それだけは、はっきりと言えます。あの男はああ見えて、道義を重んじる四角四面《しかくしめん》な男でね。世間は、紐《ひも》まがいに女ごに貢《みつ》がせ、自分はぶらのさん（仕事をしないでぶらぶらする）を決め込むぐうたら兵衛《べえ》とおもしろおかしく噂《うわさ》しているようだが、そうではないのだ！　望月のお袋というのが出来た女ごで、いつの日か息子の仕官が叶《かな》ったときのためにと、爪《つめ》に火を点《とも》すようにして金を溜め、数年前に亡くなったそうでよ。望月は人が善《よ》いものだから、つい、ぺろりとそのことを居酒屋の女ごに喋った……。そして、女ごが望月の裏店《うらだな》に押しかけ女房として入って来たのが、翌日のこと……。以来、女ごは頼みもしないのに望月の身の回りの世話を始めたが、そうこうするうちにお袋さんの金も底をつき、金の切れ目が縁の切れ目とばかりに、さっさと出て行った……。だが、あいつは俺に甲斐性がないからだ、と自分を責めるばかりでよ。そんな男だ。騙《だま》されることはあっても、断じて、他人《ひと》を騙すような男ではない！」

龍之介にしては珍しく、甲張った声を張り上げた。

「そうだったのかえ。正蔵もあたしも世間の流言を鵜《う》呑《の》みにしていたとは……。それは、望月さまに悪いことをしちまったね。けど、戸田さまはどこでそれを……」

「ああ、実はよ……」

龍之介は夜鷹蕎麦屋《よたかそばや》で望月と一献《いっこん》傾けたときのことを話した。

「あいつ、女ごに愛想尽《あいそづ》かしされても仕方がない、お袋の金を当てにして、これまで本気で働こうとしなかった自分が悪いのだと言ってよ……。いつか仕官の口がかかるやもしれないと、甘い夢を見ていたことも反省しておった。それで、市井《しせい》に生きることを決意した望月を見て、俺も応援してやる気になったのよ」

「それはよいことをしておあげになった。あい解った！　戸田さま、及ばずながら、何かあったときには、日々堂もひと肌脱ぎましょう」

「それで、清太郎は？　姿が見えないようだが……」

「手習所から帰ったと思ったら、小中飯《こじゆうはん》（おやつ）もそこそこに、また表に飛び出しちまって……。この頃うち、大人しく家にいたためしがないんだから！　まっ、男の子だもの、そのくらいでなくっちゃね」

「そうか……。それで、このところ、俺にもあまり纏《まと》わりつかなくなったのか……。そのうち、清太郎にもご用済みだと言われるのじゃないかと思うと、なんだか心寂《うらさみ》しい気がするのっ」

龍之介のしみじみとした口調に、お葉が槍《やり》を入れる。

「嫌ですよ、戸田さまは！　清太郎から用済みと言われるには、十年、ううん、二十年はかかるよ！　それに、清太郎が用済みと言っても、このあたしが用済みにはしませんからね。これから先もずっと、戸田さまは必要な男《ひと》なんだ！」

えっと、龍之介がお葉を瞠《みつ》める。

その刹那《せつな》、男にしては白すぎる顔に、すっと紅《べに》が差した。

「…………」

お葉は訝しそうに首を傾げた。

嫌だ。あたし、なんか妙なことを言ったかしらん……。

おはまが権兵衛店の路次口《ろじぐち》を潜ると、みすず母娘《おやこ》の部屋の前に人集《ひとだか》りが出来ていた。

裏店のかみさん連中が腰高障子《こしだかしょうじ》の中を覗《のぞ》き込み、何やら互いに耳相談（小声で囁く）をしているのである。

おはまの胸がきやりと揺れた。

みすずの母親に何事か起きたんだ！

おはまは挙措を失い、刻《きざ》み足に寄って行くと、爪先《つまさき》だって中を覗き込む、四十がらみの女に声をかけた。

「一体、何があったのさ！」

こめかみに即効紙《そっこうし》を貼った女が振り返る。

「可哀相に、おぎんさんが包丁で喉を刺されてさ……」

おぎんとは、みすずの母親である。

「なんだって！　じゃ、みすずは？」

「現在《いま》、蛤町の親分が中で事情を聞いてるんだけどさ。みすずが取り乱しちまって、親分も手を焼いているみたいでさ」

「えっ、友七親分が？　済まないね。悪いが通しておくれ……」

おはまは女たちを掻き分け、部屋の中に入って行った。

六畳一間と三畳ほどの厨があるきりの、狭《せま》い部屋である。

板の間に敷かれた煎餅蒲団《せんべいぶとん》にみすずの母親おぎんが横たわり、その枕許にみすずと友七、下っ引きの波平《なみへい》が坐《すわ》っていた。

おぎんの喉に巻かれた手拭や蒲団に、血糊《ちのり》がべとりとついている。

「親分……」

上がり框《かまち》でおはまが声をかけると、友七がハッと振り返った。

「おう、おはま。よいところに来てくれた。おめえ、みすずから話を聞いちゃくれねえか？　こいつ、俺が何を訊いても泣きじゃくるばかりで、おてちんでェ……」

おはまがみすずの傍に寄って行く。

みすずはおはまを見ると、ワッと縋りついてきた。

「解ったよ、解ったよ……。怖かったね、辛かったね。けど、おばちゃんが来たから、もう安心だ。何があったのか、話してくれないかえ？」

おはまがみすずの背中を擦《さす》ってやる。

「あたし……、あたし……、使い走りから戻ってみると、おっかさんが蒲団の上に突っ伏していて……。慌てて抱え起こしたら、喉に包丁が刺さっていたの。それで、とにかく、包丁を抜き取らなきゃと思って引き抜いたら、血が噴《ふ》き出して……。けど、そこに隣のおばちゃんがやって来て、ぎゃあっと叫んだかと思うと、みすず、おまえ、おっかさんに何をしたんだえって大声を上げて……。あたし、包丁を抜いただけなのに……。あァん、あァん……、抜いただけなのに……」

みすずはおいおいと声を上げ、泣き続けた。

「ほらな、この通りでよ……」

友七が太息を吐く。

「この通りはないだろ！　みすずはちゃんと説明したんだ。それのどこがおかしいってのさ！」

おはまが友七を睨みつけ、気を苛ったように鳴り立てる。

「だがよ、みすずの言ったことが正しいとして、では、誰が刺したんだ？」

「………」

友七に指摘され、おはまはきっと唇を噛《か》んだ。

「強盗にあったのかもしれないじゃないか。そうだ、太鼓持ちの豆太を調べておくれ！　あいつ、此の中、みすずから金を脅《おど》し取っていたんだからさ！」

「豆太の許には、下っ引きの弥吉《やきち》を走らせた。だがよ、井戸端で洗い物をしながら口《くち》っ叩《たた》き（お喋《しゃべ》り）をしていた女ごたちが言うには、この一刻《いっとき》（二時間）ほど、みすずの他には誰一人として路次口を通らなかったそうでよ。隣のおりくという女ごは、みすずが帰ってしばらくして、部屋の中から悲鳴がしたのを聞いた……。それで、驚いて駆けつけてみると、みすずが包丁を手に、血飛沫《ちしぶき》を浴びて母親の上に屈《かが》み込んでいた……。この状況から見れば、どう考えても、みすずが母親を殺《あや》めたとしか思えねえだろ？」

友七が苦渋《くじゅう》に満ちた顔をして、俺もみすずの話を信じてェのはやまやまなんだがよ、と呟《つぶや》く。

「信じたいのなら、信じりゃいいだろ！　考えてもごらんよ。十五の娘が他人《ひと》に頼らず、病のおっかさんを抱えて夜の目も見ずに我勢《がせい》して（まじめに頑張って）きたんだよ。親思いの、こんな出来た娘がどこにいようかよ。そのみすずが母親を殺めるなんて、そんなことがあるわけがない！」

「けど、親思いで出来た娘といっても、十五だぜ。いい加減くたびれて、おっかさんさえいなければと思ったかもしれねえし、親思いだからこそ、いっそのやけ、病のおっかさんを楽にしてやろうと、心を鬼にして、殺めたとも考えられるだろ？」

下っ引きの波平が仕こなし顔に言う。

みすずはおはまの胸に顔を埋め、違う、違う、と頭を振り続けた。

「下っ引きのくせして、利《き》いたふうな口を叩くもんじゃないよ！　みすずは違うと言ってるじゃないか！」

おはまにどしめかれ、波平はへっと首を竦めた。

「だがよ、賊《ぞく》が入《へえ》ったようには見えねえしよ。第一《でえいち》、入《へえ》ったところで、金目《かねめ》のものなんてありゃしねえ……。恨みを買ったとしてもだぜ、今にも死にそうな病人を手にかけたところで、しょうがあるめえ。となれば、あと考えられるのは、おぎんが自分で喉を刺した……」

友七の言葉に、おはまも波平も息を呑み、おはまの胸に顔を埋めたみすずが、はっと身体を起こす。

「まさか、おっかさんが……」

「…………」

「…………」

誰もが言葉を失い、顔を見合わせた。

「考えられねえことはねえ……。おっ、みすず、おっかさんは厠に行くくれェは歩けたんだよな？」

みすずが頷く。

「厠《かわや》に行くときには、あたしや隣のおばちゃんが付き添ってたけど、あたしが留守のとき、厨で水を飲むことは出来ていた……」

「するてェと、厨まで包丁を取りに行けたってわけだ……。ふン、なるほどな……。みすずにこれ以上の迷惑をかけたくないと、死ぬ気で喉に包丁を突きつけた……。ところが、喉を掻き切るだけの気力が尽きたか、身体がふらついたか、包丁を首に当てたまま蒲団に前のめりに倒れた……。みすず、おめえが帰《けえ》ったとき、おっかさんの喉に包丁が刺さっていたと言ったな？　そうか……。では、その時点では、まださほどの出血はなかった。が、包丁を抜き取った瞬間に、血が噴き出したってわけだ……」

友七が手拭を外し、おぎんの喉の傷を確かめる。

「じゃ、みすずが包丁を抜くまでは、まだ、おぎんさんは生きていたと……」

おはまが信じられないといった顔をする。

「てこたァ、やっぱ、みすずが殺めたってことになるんじゃねえか?」

「波平、てめえ、黙って喋れってェのよ! 可哀相《かええそう》に、みすずが凍《こお》りついてるじゃねえか。おっ、みすず、おめえが殺めたわけじゃねえからよ。おっかさんはおめえが包丁を抜かずとも、いずれ、息絶えてたんだ。第一《でえいち》、死のうとしたのはおっかさんだ。おめえは助けようとしただけなんだもんな」

友七がみすずの背中を擦る。

「あたし……、あたし……。あたしのせいで、おっかさんが死んじまったって……。そんなの嫌だァ……」

みすずがおぎんの身体にしがみつき、ごめんよ、堪忍え……、と泣きじゃくる。

友七が波平に鋭い目を投げかけた。

「俺、そんなつもりじゃ……」

波平が項垂《うなだ》れる。

そこに、知らせを聞いた検死医がやって来て、太鼓持ちの豆太の行方《ゆくえ》を追っていた下っ引きの弥吉が戻って来る。

検死医は友七から事情を聞くと、おぎんの亡骸《なきがら》を調べていった。

弥吉は友七を部屋の隅に呼ぶと、首を振った。

「豆太の野郎、二日前《めえ》から高熱を出して寝込んでやした。裏店の連中の話じゃ、一人で厠に行くのもままならねえ状態で、あれじゃ、とても外出は無理だろうと……」

「そうか。ご苦労だったな。だが、もう死因は判ったんでよ」

「えっ……。じゃ、やっぱ、みすずが？」

「てんごうを！　自殺よ、自殺」

「いいい……」

「………」

弥吉が目を点にする。

「何をぼんやりしてやがる！　解ったら、さっさと大家に知らせ、通夜の準備をするんだ。おっ、波平、おめえも行け！　これから先は、みすず一人じゃ手に負《お》えねえ。自身番《じしんばん》で相談するように伝えてくれ」

友七は下っ引き二人を追い立てると、おはまの耳許に囁いた。

「しばらくみすずを日々堂で預かっちゃもらえねえだろうか。こいつを一人にしておくのは、心許《こころもと》ねえからよ」

「あい解った。さあ、みすず、おばちゃんと日々堂に行こう！　大丈夫だよ。後のことは、自身番で何もかもやってくれるからさ」

おはまがみすずを抱え起こそうとする。

みすずはおぎんの身体にしがみついたまま、離れようとしなかった。

「嫌だ！　あたし、おっかさんの傍にいる。おっかさんを一人にするなんて……。そんなこと、あたしには出来ない！」

「一人にするんじゃないんだよ。これから、手続を済ませ、何もかもが片づいたら、通夜をするからね。それまで、日々堂で待っていようよ。今、おまえはここにいないほうがいいんだよ」

おはまがそう諭《さと》すのだが、みすずは頑《かたく》なに首を振り続けた。

「傍にいる……。いてあげなきゃ、おっかさんが可哀相だもの」

「けど、おまえだって、血塗《ちまみ》れなんだよ。手足や顔を洗って、着替えをしなきゃね」

「いいの。ここで洗うし、着替えるから……。おばちゃんは日々堂に帰って下さい」

みすずという娘は、一旦言い出したら、後に退《ひ》かない。

おはまは肩息を吐くと、

「解ったよ。じゃ、おばちゃんは一旦帰るけど、すぐに戻って来るからね。今宵は、一晩中、みすずの傍にいるつもりで来るから、それまで心細いだろうが待っていておくれ」

と囁き、もう一度、みすずの身体をギュッと抱き締めた。

検死医の見立ては、おおむね友七と同じであった。

その後、自身番や裏店の連中の手で、通夜、野辺送りの準備が調《ととの》えられ、みすずはその間も母親の傍から離れることなく、終始、唇をきっと嚙み締めていた。

「なんて気丈な娘なんだろう。通夜、野辺送りを通して、涙一つ見せなかったんだもんね」

野辺送りを済ませて日々堂に戻って来たお葉は、常着に着替えると、正蔵、おはまを交えてみすずの身の振り方を話し合った。

「いえね、あれでも最初《はじめ》は泣いてたんですよ。けど、喉から包丁を抜き取ったのが原因《もと》で、母親が出血死したのではなかろうかという話を聞いてから、みすずの心が凍っちまったんですよ。おっかさんを死なせたのは自分だとね……。そうではない、おまえのせいじゃないと親分やあたしが言っても、あの娘《こ》、自分を責め続けていてね……。不憫《ふびん》でさァ」

おはまが溜息を吐く。

「可哀相《かえぇそう》によ。父親《てておや》の御赦免《ごしゃめん》も決まっちゃいねえというのに……。これで、みすずは独《ひと》りぼっちになっちまったんだが、後ろを振り返っていても仕方がねえからよ。問題《もんでえ》は、これからみすずをどうするかってことだが、おめえがうちに来ねえかと誘っても、あいつ、首を縦《たて》に振ろうとしねえんだって？」

「そうなんだよ。あたしが裏店からいなくなったのでは、おとっつァんが御赦免になって帰って来たときに困るからと言ってさ。けど、あんなことがあった裏店に、みすず一人を置いておくわけにはいかないじゃないか。昼間はまだいいとしても、夜分がさァ……。それで、今宵もあたしが泊まりに行ってやろうと思ってるんだが、いいかえ？　もちろん、勝手方の仕事を片づけてからの話だが……」

おはまが正蔵を窺う。

「あた棒よ！　おお、そうしてやれ」

「そうだよ。うちのことは案じることはないからね。朝になったら、みすずも一緒に連れて来るといいよ。ここで皆と一緒に朝餉を摂ろうじゃないか。そうすれば、みすずの今後のことをゆっくりと話し合えるしさ」

お葉も相槌を打つ。

「そうか！　これまで、みすずは病のおっかさんを抱えてたんで奉公に出ることが出来なかったが、面倒を見なくちゃなんねえおっかさんはもういねえ……。今後は、てめえのことだけを考えればいいんだからよ」

「さあ、それはどうだろう。あれで、みすずは頑固だからね。自分の中で、おっかさんの死に折り合いをつけないうちは、新たに何かをする気にならないのじゃないかしら……」

おはまが首を傾げる。

「まっ、焦ることはないんだ。少しずつ、心を解《ほぐ》してやればいいんだからさ。あたしたちは温かい目であの娘《こ》を見守り、いつ胸に飛び込んできてくれてもいいように、心の準備をしておくことだね」

「それで、現在《いま》、みすずは？」

正蔵がおはまを見る。

「隣のおりくさんが傍についていてくれるんだが、本当は、あたしも気になってね。少し早いが、行かせてもらってもいいかしら？」

「ああ、いいともさ。夕餉の仕度はおせいに仕切るように言っとくよ。けど、おまえたちの夕餉はどうする？　権兵衛店じゃ、何ほどのことも出来ないだろ？　そうだ、後で、弁当を拵《こしら》えて、誰かに届けさせるよ。さあ、行っといで！」

お葉は神棚《かみだな》から火打ち石を下げてくると、おはまの背中にパァンパァンと切り火を切った。

お葉が切り火を切ってくれたのは、頑張れよ、という意味があったのであろう。

そう思うと、おはまの胸が熱いもので一杯になった。

権兵衛店では、みすずが板間を水拭きしていたが、おはまが声をかけると振り返り、辛そうに顔を歪《ゆが》めた。

「拭いても拭いても、おっかさんの血が染《し》みついているような気がして……」

そう言うと、また、癇性《かんしょう》にキュッキュッと板間を擦《こす》った。

おはまが見るに、すでに染みはすっかり取れている。

それなのに、いまだに母親の血が拭えないと思うのは、みすずの心が血に染まっているからだろう。

「蒲団はどうした？」

「隣のおばちゃんが始末してやると持って行ってくれたの。もう、あの蒲団は使えないもんね。おばちゃん、今日、ここに泊まってくれるの？　だったら、おとっつァんの蒲団があるから大丈夫だよ。けど、長いこと日に当てていないので、気持が悪いかしら?」

みすずはそう言うと、再び、板間を擦り始めた。

「気持悪くなんかないさ。けど、いつまでも一人でここにいるのはどうかね……。おまえはおとっつァんが御赦免になったとき、帰る部屋《うち》がなければ困ると言ったが、いつ、御赦免になるか判らないんだよ。それなのに、若い娘がたった一人で暮らすなんて……。そりゃさ、隣のおりくさんや裏店の連中は、皆、善い人ばかりだし、おまえを支えてくれるだろうけど、みすずはまだ十五だよ。これからのことを考えても、奉公先を見つけたほうがいいと思うんだけどね」

「住み込みの?」

「そうだよ。だが、通いのほうがよければ、うちの長屋であたしたちと一緒に暮らさないかえ? うちは二階家なんで、おちょうと一緒に二階を使ってくれればいいんだよ。おちょうも話し相手が出来て悦ぶだろうしさ! ほら、おまえも知ってる正蔵おじさんとあたし、それにおちょうの三人しかいないから、気を兼ねることなんてないんだよ」

「けど、あたしに務まる仕事があるかしら……」

「あるに決まってるじゃないか。これまでも、おまえは手間賃仕事を熟《こな》してきたんだ。手先が器用だし、賄《まかな》い仕事も出来るだろ？　本当は、日々堂の勝手方に入れて、あたしが傍についていてやるといいんだけど、この前の出替《でがわり》で新しい娘《こ》が入ったばかりでね。まっ、この件は女将さんに相談してみるが、うちが駄目でも、みすずに見合った奉公先を亭主に見つけさせるからさ……。今宵はここにいてもいいけど、明日から、取り敢えず、うちに来ないかい？」

「………」

みすずがつと目を伏せる。

「あたし、怖い……」

「怖い？　一体、何が怖いのさ」

「もし、あたしがおばちゃんの言うようにしたら、新しい環境にすぐに馴染《なじ》んでしまい、おっかさんのことを忘れてしまうんじゃないかと思って……」

「忘れるわけがないじゃないか！　おっかさんはみすずがどこにいようとも、常に、心の中にいる……。目には見えなくても、みすずの身体の中にすっぽりと入ってくれたんだよ」

「そうじゃないの、違うの！　おっかさんが病で死んだのなら、あたしもそう思うかもしれない。けど、あんな死に方をさせてしまったんだ……。あたし、自分が許せない！　おっかさんに死を選ばせてしまったのは、あたしに足りないところがあったからだし、あたしが包丁を引き抜いたから、あのとき、まだ生きていたおっかさんを死なせることになってしまったんだもの……。だから、あたしはおっかさんが亡くなったこの部屋から逃げちゃいけないの！　こうして、毎日、板間を水拭きして、ごめんね、ごめんね、と謝り続けなきゃならないの。他の場所に移ったら、それが出来なくなるし、そうして、そのうち自分の罪を忘れちまう！　絶対に、絶対に、そんなことをしちゃならないんだ！」

みすずは声を荒らげ、ぶるぶると顫《ふる》えた。

おはまがみすずの肩をそっと抱え込む。

「みすず、莫迦なことを言うもんじゃない。おっかさんが死のうとしたのは、みすずにもうこれ以上の迷惑をかけたくなかったからなんだよ。自分の看病のために、娘盛りのおまえを縛りつけてはならない、おまえを自由にしてやらなければと思い、それで、おっかさんは死を選んだ……。それにね、喉から包丁を抜いたから、おっかさんは死んだのじゃないんだよ。あのままだっていずれ死んでいただろうし、名医といわれる立軒さまにだって、あの状態のおっかさんは救えなかった……。おっかさんはね、みすずを想って死んでいったんだ。おまえを自由にしてやろうと思ってね。あれは、おっかさんに出来る最期《さいご》の贈物だった……。それなのに、おまえがその心を受け取らないでどうする！　いじいじと、そうして板間を水拭きしていたって、おっかさんは悦んじゃくれないよ。むしろ、哀《かな》しむってもんだ！」

みすずが手を止める。

「そうだよ。おっかさんの最期の贈物……」

みすずがワッと声を上げ、板間に突っ伏す。

「もし、おっかさんがそう思っていたのなら、やっぱり、あたしのせいなんだ……」

「…………」

おはまにはみすずの言葉の意味が解らなかった。

「みすず、一体、どうしたってのさ！」

「だって、決して、あたしは母親思いの出来た娘じゃなかったんだもん！　口には出さなかったけど、これまでに何度、いっそ死んでくれたらと思っただろう……。豆太さんにおっかさんの薬料《やくりよう》や店賃《たなちん》を脅し取られたときも、手間賃仕事が捗《はかど》らなかったときも、眠い目を擦りながら夜なべ《べ》仕事をしたときも、そう思った……。あたしだって綺麗《きれい》な着物を着てみたい、たまには美味《おい》しいものを腹一杯……」

おはまがみすずの身体をギュッと抱き締める。

「もういい、もういいんだ、言わなくても……。みすずの気持は解ったからね。みすずが悪いんじゃない！　それは誰しもが思うことでさ。やっぱり、みすずは母親思いの優しい娘なんだよ。だから、胸を張っていいんだ！　おっかさんの気持を有難く受け取って、さっ、明日からは新しい人生だ。いいね？　解ったね？」

みすずが肩を顫わせ、泣き出す。

「そう、お泣き。思い切り泣くんだ。我慢することはない。肩肘《かたひじ》を張ることもない！　涙と一緒に、昨日までのみすずを流してしまうんだ！」

おはまはみすずの背にかけた手に、ギュッと力を込めた。


「女将さん、客が来てやすが……」

正蔵が訝しそうな顔をして、茶の間にやってくる。

清太郎の袷《あわせ》の肩上げを解《ほど》きながら、お葉は上目に正蔵を見た。

「客？　誰だえ」

「それが、文哉といえば判るとお言いで……。まさか、女将さんのおとっつァんの?」

正蔵が小指を立ててみせる。

あっと、お葉は手を止め、なんでそれを早く言わないんだよ、さっ、お通ししておくれ、と挙措を失う。

まあ、どうしたことだろう。あの文哉が訪ねて来るなんて……。

お葉は慌てて針箱を片づけると、茶の仕度をした。

文哉が入って来る。

「突然訪ねて来て、悪かったかね?」

文哉は廊下で羽織を脱ぐと、風呂敷包みを手に入って来て、ちょいと会釈《えしやく》した。

「悪いはずがありませんよ。おまえさんが訪ねて下さるとは、まあ、嬉しいこと!」

「はい、胡麻胴乱《ごまどうらん》! きっと、好きだろうと思ってさ!」

「まあ、これは……」

「そう、おまえのおとっつァんの好物だよ。それで、おまえも好きなのじゃないかと思ってさ!」

「好きに決まってますよ! でもまあ、よくおとっつァんの好物を憶《おぼ》えていて下さった……。じゃ、早速、お持たせを頂いちゃいましょうかね」

お葉はそう言うと、菓子鉢に胡麻胴乱をあけた。

胡麻胴乱とは、饂飩粉《うどんこ》に黒胡麻を混ぜて焼いた菓子である。

決して品のよい菓子とはいえないが、胡麻の香りが芳《こう》ばしく、病みつきになりそうな味がする。

お葉は取っておきの喜撰《きせん》を淹れた。

「今日はまた、どういった風の吹き回しかしら?」

お葉が文哉の前に湯呑を差し出し、ふっと笑みを浮かべる。

「ちょいと近所まで来たからと言いたいが、実は、熊井町《くまいちょう》に居抜きの貸し見世を見つけてね。元は茶飯屋《ちゃめしや》だというから、恰好《かっこう》ものでね……。しかも、存外に安く借りられてね。十五坪ほどの見世に、二階がついていて、そこなら住まいとしても使えるし、昨日、契約を済ませたんだよ。それで、霜月《しもつき》(十一月)から小料理屋を開こうと思ってね。これまでは一膳飯屋か煮売酒屋しか出せないなんて思っていたが、腕の良い板前に当たったもんだから、あたしも腹を括《くく》って一勝負しようと思ってさ……。浅草の宵山《よいやま》という料理屋で板脇《いたわき》を務めていた男なんだよ。追廻《おいまわし》といった板場衆《いたばし》はその男が連れて来ると言ってるので、他に、お運び、下働きといった小女《こおんな》が必要となってね。それで、日々堂に頼めば何とかなるのじゃないかと思って……」

文哉はお葉の淹れた茶を口に含むと、ああ、美味い、なんて茶かえ？　と訊ねた。

「喜撰ですよ。初めて文哉さんが訪ねて下さったというのに、お番茶というわけにはいきませんからね。それで、小女のことですが、ご希望の年恰好や人数は？」

「小料理屋の女将だなんていったって、泰然と構えていられないからね。それで、あたしが率先して立ち働くつもりなんで、取り敢えず、小女と下働きを一人ずつ……。そうさねえ、小女は十八から二十五、六。いえ、清潔感のある我勢者なら、三十路《みそじ》でも四十路でも構わないさ。下働きも同様、我勢者なら歳《とし》は問わない」

「解りました。早速、宰領《さいりよう》に伝えておきましょう。それでね、文哉さん。実は、下働きに心当たりがあるんだけど、その娘《こ》、まだ十五なんだよ。いささか若すぎるかね？」

お葉が文哉の顔を睨めつける。

みすずのことを思い出したのである。

「十五が若すぎるかって？　冗談じゃないよ。あたしゃ、十三のときから料理屋の下働きに出たからね。で、その娘、我勢者かえ？」

「ええ、それはもう、太鼓判を押しますよ。これまでも、病のおっかさんを抱え、他人《ひと》に頼ることなく、手間賃仕事や使いっ走りをして立行《たちいき》してきたんだもの……」

お葉はみすずの父親が島送りになったことや、つい先日、病の母親が亡くなり、みすずが一人きりになったことを話した。

文哉は神妙な顔をして聞いていたが、みすずが母親の死を自分の責任のように思っていると聞くと、突如、胸の間《あわい》から懐紙《かいし》を取り出し、ウウッと鼻を押さえて噎《むせ》び始めた。

「ごめんよ。つい、あたしの子供時代を思い出しちまってさ……。先《せん》にも話したと思うが、あたしの実家《さと》は安房の海とんぼでさ。貧乏人の子だくさんを絵に描いたような家に育ったもんだから、何かといえば、長女のあたしが犠牲を強《し》いられてさ。母親が一番下の弟を産んで間なしに体調を崩し、以来、寝たっきりとなったもんだから、十歳になるやならない頃から、あたしが母親の看病から弟や妹の世話と、家事一切《いっさい》を背負うことになってさ。おとっつァんは根っからの海とんぼで、家のことは何一つやろうとしない……。それどころか、漁から戻ると、どろけん（酩酊《めいてい》状態）になっては、あたしの家事のやり方が気に食わないと喚《わめ》き散らすし、あたし、いい加減くたびれていたもんだから、あるとき、父親とやりあってさ……。おっかさんが病なんかになるから悪いんだ、おっかさんのせいであたし一人が辛い想いをしなきゃなんないって、大声でどしめいたんだよ。あたしって、なんて莫迦なんだろう……。決して言ってはならないことを、つい、口走ってしまったんだよ。翌朝、目が醒《さ》めてみると、おっかさんの蒲団は空《から》っぽ……。海に身を投じてしまったんだよ。そうなんだよ、あたしは疲れ果てて泥のように寝込んでいたし、おとっつァんは酔っ払っていて、誰もおっかさんが蒲団から抜け出すのに気づかなかった……。それからというもの、あたしはずっと重責を背負い、罪の意識の中に生きてきた……。現在《いま》も、罪悪感は拭えない！ おっかさんを死に追いやったのは、このあたしなんだと……」

文哉の目が涙に潤《うる》んでいる。

「その後、生活《たつき》を助《す》けるために深川の料理屋に奉公に上がることになってね。あたしは夢中で働いた。罪の意識から逃れるためにも、身体を動かしていたかったのさ。そうこうするうちに、下働きからお端下、仲居へと上がっていき、よし乃屋の旦那に出逢ったのが、あたしが二十六のときでね。優しい男《ひと》でさ。あたしの心の疵《きず》をすぐに見抜いてくれ、おっかさんが死んだのはおまえのせいではない、人にはそれぞれ宿命《さだめ》というものがあり、おっかさんはその宿命を全《まっと》うしたから死んでいったのだ、決して、おまえを恨んじゃいない、とそう言ってくれてさ……。旦那と逢っているときだけが、唯一の救いだった。けど、あたしは自分の存在がおまえたち母娘を苦しめることになると知ったとき、身を退く決意をした……。今度こそ、おっかさんやおまえたち母娘への贖罪《しょくざい》の意味で、おっかさんの後を追い、安房の海に消えようと思ったのさ。ところが、運命とは皮肉なものでさ。久々に国許に戻ってみると、家族から再び犠牲になってくれと頭を下げられる始末でさ……。結句、流れ流れて現在《いま》のあたしがあるんだが、そのせいか、みすずって娘の気持が手に取るように解るんだよ。よいてや！　その娘を預かろうじゃないか」

「まあ、そうしてもらえます？　ああ、良かった！　文哉さんになら、安心してみすずを預けられますよ」

「それで、現在《いま》、その娘はどこにいるのさ」

「昨日、裏店を引き払いましてね。昨夜から宰領の女房が面倒を見てるんだけど、現《い》在《ま》は、厨にいるのじゃないかしら……。ちょいとお待ち下さいね」

お葉が厨に立って行く。

しばらくして、お葉がおはまとみすずを伴い戻って来た。

「文哉さん、これが宰領の女房おはま。日々堂の勝手方を仕切っていましてね。それから、この娘《こ》がみすず……。みすず、さあ、ご挨拶をなさい」

お葉に言われ、みすずは慌てて畳に膝《ひざ》をつき、深々と辞儀をした。

「みすずです。よろしくお頼み申します」

「まあ、なんてしっかりした娘だえ。これなら安心だ。みすず、さあ、頭をお上げ」

文哉が満足そうに微笑む。

「女将さんからそちらさまの話は伺《うかが》っていました。まあ、なんでも、このたびは熊井町に小料理屋を出されるとか……。みすずを使って下さると聞き、あたしもひと言お礼を言いたく思いまして……。有難うございます。女将さんにお聞きになったでしょうが、先つ頃《さい》、この娘に不幸がありまして……。現在《いま》はまだ完全に哀しみから抜け出すことが出来ませんが、芯《しん》の強い我勢者です。必ずや、お役に立てると思いますので、どうか長い目で見てやって下さいませ」

おはまも頭を下げる。

「ああ、解ってるよ。犬も朋輩《ほうばい》、鷹《たか》も朋輩……。立場は違っても、あたしもみすずも心に同じ疵を抱える仲間。末永く、支え合っていこうじゃないか。それで、お葉さんから聞いたんだが、現在《いま》、みすずは宰領の家で厄介になっているんだって？　今度の熊井町の見世は、二階が住まいになっていてね。板場衆には他に裏店を借りてやることにして、女衆《おなごし》はあたしと一緒に二階で寝起きしてもらおうかと思ってさ。それでいいかえ？」

「ええ、もちろん、それで結構です。ねっ、みすず、それでいいよね？　霜月からはこの文哉さんの見世がおまえの住処《すみか》となるんだからね。あっ、それで、見世の名前はなんと？」

おはまに訊ねられ、文哉が、あら嫌だ、まだ言っていなかったっけ？　と目を白黒させる。

その表情がおかしかったのか、強張《こわば》ったみすずの頬が途端に解れた。

「あたしさァ、今し方、大川端《ばた》を歩いてきたんだけど、名前も定かでない幾種類もの草花が、競い合うように咲いててさ……。思わず脚《あし》を止めて眺めたんだが、春や夏の草花と違って、どれを取ってもどこかしら心寂しく、可憐《かれん》だろ？　誰かが言ってたけど、ああいった草花をひと纏めにして、千草《ちぐさ》の花、百草《ももくさ》の花っていうんだってね。牡《ぼ》丹《たん》や椿《つばき》のような華やかさはないけど、路傍にひっそりと咲く花……。一見、儚《はかな》げに見え、他人《ひと》に踏まれても、どっこいとばかりに逞《たくま》しく咲く花……。なんだか、あたしの生き様《ざま》に似ているように思えてね。それで、小料理屋の名にはあまり相応しくないかもしれないが、千草の花にしようかと思って……」

文哉が照れ臭そうに言う。

「まあ、なんて良い名だろう！　千草にしないで、千草の花ってェのが心憎いじゃないか！」

お葉が幼児のように燥《はしゃ》ぎ、パチパチと胸前で手を叩く。

「ホントだ……。千草の花って、一度聞いたら忘れられないよ。だって、そうだろ? 千草だけなら、ど忘れしちまったら終いだけど、千草の花なら、なんだっけ……、なんとかの花……、そうだ、千草の花って具合に思い出すからさ!」

おはまも思わず上擦《うわず》った声を出す。

女郎花《おみなえし》、藤袴《ふじばかま》、沼大根《ぬまだいこん》、河原艾《かわらよもぎ》、小浜菊《こはまぎく》……。

お葉は思い起こせる花の名を、そっと口の中で呟いた。

「おっ、どうしてェ、ずいぶんと賑《にぎ》やかじゃねえか! おはま、おめえの大声は見世まで筒抜けだぜ。千草、千草と騒ぎやがってよ……。千草がどうした? そりゃ、煙草屋《たばこや》の婆《ばあ》さんの名前じゃねえか」

正蔵が空惚《そらとぼ》けたような顔をして、茶の間に入って来る。

おはまがぷっと噴き出す。

つられたようにお葉が笑い声を上げ、続いて、文哉が、みすずが……。

正蔵だけが狐につままれたような顔をしている。

秋暮る……。

久々に、爽《さわ》やかな昼下がりであった。

しぐれ傘《がさ》

小料理屋千草の花は、十一月八日が店開きとなった。

当初、文哉は霜月《しもつき》に入ったらそうそうに店開きをと思っていたようだが、十一月八日は鞴祭《ふいごまつり》……。

ならば、いっそのこと八日までずらして祭にぶつけてはどうかというのが最大の理由であったが、お葉が思うに、どうやら他にも理由《わけ》があるようである。

「八日が開店とな？　そいつァいいや！　何しろ、この日は鍛冶《かじ》、鋳物師《いもじ》、錺職《かざりしょく》といった、日頃から鞴の世話になっている職人たちが、こぞって仕事を休むからよ。鞴の神さまはお稲荷《いなり》さんだ……。それで、この日ばかりは猫も杓子《しゃくし》も稲荷に詣《まい》るというが、稲荷に詣った帰りに、ちょいと一杯《いっぺえ》引っかけたくなるってェのが人情ってもんでよ。が、そうなりゃ、開店したての見世《みせ》を品定めしてみたくなるてェのも、また人情だ……。文哉もなかなか考えたものよ！」

御船橋《みふねばし》を渡りながら、友七親分がお葉を流し見る。

二人は祝いかたがた景気づけに、千草の花を訪ねようとしているのだった。

「けど、今日を選んだのは、それだけが理由じゃないみたいだよ」

お葉がそう言うと、友七が驚いたように脚《あし》を止めた。

「他に理由があると？　おめえ、何か知ってるのかよ！」

お葉はふっと片頰《かたほお》で笑った。

「嫌だよ！　親分だって、本当は知っているくせしてさ」

「………」

友七が目を点にする。

「いえね、はっきり文哉さんから聞いたわけじゃないんだけど、あの女《ひと》、八日が開店だと伝えに来たとき、ついぽろりと洩《も》らしてさ。十一月八日はあたしにとっては忘れられない日なんだ、生涯で最良の男《ひと》に出逢《であ》えた日なんだからって……。それって、おとっつァんのことだよね？」

「えっ、ああ、そうだろうな……」

友七が再び歩き出す。

「またァ！　そうやって、親分はいつもはぐらかそうとする！」

お葉が小走りに友七を追う。

「これまでだって、親分はおとっつァんと文哉さんのことを知っていて、あたしには何一つ教えてくれなかったじゃないか！　そりゃさ、おとっつァんが死んだとき、あたしは子供だったよ。それで、男と女《おな》ごのびり沙汰《ざた》（男女間のもつれ）なんぞ、子供の耳には入れないほうがいいと思ったんだろうが、大人になってからだって、あたしには本当のことを言ってくれなかったじゃないか……。文哉さんが現れなかったら、あたしはいまだにあのとき何があったのか知らなかったんだからね！」

「知ってどうなる？」

「どうなるって……。どうにもならないけどさ」

「だろう？　知らなきゃ知らないままのほうがいいこともある。これまで、おめえはおとっつァんを慕《した》ってきた。それなのに、わざわざ偶像を毀《こわ》すこともあるめえ……。そう思ってたんだが、まさか現在《いま》になって、文哉がおめえの前に現れるとはよ……。が、結果としては、これでよかったんだ。おめえが文哉の気持を解《わか》ってくれたんだからよ」

「親分……」

今度はお葉が脚を止め、友七の背を瞠《みつ》める。

友七も振り返り、しわしわと目を瞬《しばたた》いた。

その目が西日を受けてきらと光ったのは、涙ぐんでいるからであろうか……。

「あたし、親分に感謝してるんだ……。今日まで、陰になり日向《ひなた》になりして支えてくれ、あたしが迷わないようにと道しるべになってくれた……。文哉さんのことも、現《い》在《ま》のあたしだから理解できるが、甚三郎に出逢う前のあたしなら、とてもこうはいかなかった……。あたしを捨てたおっかさんを恨《うら》んだように、きっと、おとっつァんや文哉さんも恨んだと思うの。けど、現在《いま》のあたしには、あれほど憎いと思ったおっかさんでさえ、あの女《ひと》も本当は可哀相《かわいそう》な女だったんだと、憐憫《れんびん》の情、ううん、愛《いと》しく思える……。そう思えるようになったのは、あたしが女ごとして一廻《ひとまわ》り大きくなったからであり、男と女ごの間には、理性や理道《りみち》を超えたものがあるということを知ったからなんだよ。親分にはそれが解っていたから、これまで、あたしが女ごとして成長するまで見守ってくれたんだよね……」

お葉の鼻腔《びこう》に、つんと熱いものが衝《つ》き上げてくる。

「止《よ》せやい！　何を言い出すのかと思ったら……。が、まったく、おめえの言うとおりでよ。色は思案の外《ほか》……。こればかしは理性じゃどうにもならねえからよ。現在《いま》だから言えるが、俺《おり》ャ、あんとき、誰も責める気になれなくてよ。三人の想《おも》いがそれぞれに切なくて、誰が悪いなんてこたァ言えなかった……。ただ、首括《くびく》りをしたよし乃屋の遺体に縋《すが》りついて泣くおめえを見て、この娘だけはなんとしても護《まも》らなきゃと思った……。ふふっ、それだけのことでよ。おめえはよく頑張《がんば》ったじゃねえか！　俺ャ、傍《はた》から眺《なが》めていただけでよ、おめえに感謝してもらうことなんぞ何一つしちゃいねえのよ」

友七は照れ臭そうにそう言うと、おっと、と四囲《しい》を見回した。

「おっ、行こうぜ！　大の大人が二人して、こんなところで湿《しめ》っぺェ話をしているもんだから、見なよ、周囲《まわり》の者が何事かって顔をしてるじゃねえか……」

「ホントだ！」

お葉も首を竦《すく》める。

再び歩き出した二人の横を、印半纏《しるしばんてん》を着た職人が、大川に向けて棹《さお》になって歩いて行く。

背中に石辰《いしたつ》と記《しる》されているところをみると、石細工師《いしざいくし》の集団であろうか……。

どうやら、富岡八幡宮《とみおかはちまんぐう》の参拝を済ませ、これから一杯引っかけに行くところのようである。

まだ七ツ（午後四時）を廻ったばかりというのに、千草の花では、すでに軒行灯《のきあんどん》に灯《ひ》が入っていた。

真新しい茜色《あかねいろ》の暖簾《のれん》が夕日に映《は》え、目に染《し》みるようである。

暖簾を潜《くぐ》ると、先頃、日々堂が斡旋《あっせん》したばかりのおはんという小女《こおんな》が、お葉の姿を認め、いそいそと寄って来た。

「いらっしゃいませ。まあ、女将《おかみ》さん、さっそくお越し下さったんですね！　今、女将を……。女将さァん！　日々堂の女将さんがお越しですよ」

おはんが奥に声をかける。

文哉は奥の小上がりにいたようで、慌《あわ》てて下駄《げた》をつっかけると、カタカタと音を立てて寄って来た。

「嬉《うれ》しいじゃないか、口開《くちあ》けそうそう来てくれるなんてさ！　おや、親分も……。さあさ、座敷にどうぞと言いたいが、生憎《あいにく》、たった今、小上がりが塞《ふさ》がっちまってね。樽席《たるせき》しか空《あ》きがないんだが、日々堂の女将と親分を摑《つか》まえて、樽席では失礼かね？」

文哉が見世の中をくるりと見回す。

見世の右端が小上がり席となっていて、奥に向かって飯台が七、八台は並んでいるが、どうやら、衝立《ついたて》で仕切られた小上がりはどこも満席のようである。

そうして、土間には長飯台が三台……。

ここも粗方客《あらかた》で埋まっているが、一番奥の長飯台に三席ほど空きが見えた。

「いえ、構わないんだよ、どこでも……。けど、結構じゃないか！　開店そうそう、大入りでさ」

「そういうこった。開店そうそう閑古鳥《かんこどり》が鳴いてるようじゃ、目も当てられねえからよ」

友七が先に立ち、樽席にどかりと腰を下ろす。

「では、改めて……。文哉さん、開店おめでとうございます。これは、ほんの心ばかりのおしるし……」

お葉が胸の間《あわい》から袱紗《ふくさ》に包んだ祝儀袋《しゅうぎぶくろ》を取り出し、文哉に手渡す。

「嫌だよ、他人行儀な……。気を遣《つか》うんじゃないよ」

文哉が押し返そうとするが、お葉は首を振った。

「言われるほど入っちゃいませんよ。気持だけ！　あたしの気持と思って、遠慮なく受け取っておくれよ」

「おう、文哉、貰《もら》っとけ！　他人《ひと》さまから祝ってもらえることなんて、人生のうちでそうざらにあるもんじゃねえんだ。そう思って、有難《ありがた》く頂戴《ちょうだい》しておくこった。とはいえ、俺《おり》ヤ、手ぶらだがよ！　まっ、気持だけは受けとくれ」

友七に言われ、ようやく文哉も、そうかえ、じゃ、有難く受け取っておくよ、と腰を折った。

「じゃ、今日は見世の奢《おご》りだ！　うちの板さんの料理を存分に堪能《たんのう》していっておくれでないか」

「有難うよ。そうしたいのはやまやまなんだが、おまえさんも知っていなさるように、あたしはそんなに長く見世を空けていられないんでね。じゃ、一杯だけ、馳走《ごち》になっていくから、親分はゆっくりしていくといいよ」

「てんごうを！　おめえがいねえのに、物欲しげに、俺一人が残るわけにはいかねえじゃねえか……。おう、文哉、俺もまた改めて来るからよ」

友七はそう言ったが、顔は正直で、不満の色がありありと見て取れた。

「まあまあ、とにかく祝杯だ！　二人とも、うんと飲んで下さいな！」

文哉はおはんが運んで来た銚子《ちようし》を手にすると、友七の盃《さかずき》に、そしてお葉の盃に酌《しやく》をする。

「では、改めて、おめでとうさん！」

二人はきゅっと盃を干した。

「おお、いい飲みっぷりだ！　じゃ、後は二人でやってもらえるかえ？　ここで相手をしていたいけど、おはんと二人じゃてんてこ舞いでさ！　この分なら、後二人ほど小女を廻してもらわなきゃなんないよ」

「あい承知！　それは日々堂に委《まか》せてもらいましょ！」

お葉はポンと胸を叩《たた》いてみせた。

文哉が小上がりへと戻って行き、お葉と友七は差しつ差されつ酒を酌《く》み交《か》わした。

おはんが祝肴《いわいざかな》と八寸《はっすん》を運んで来る。

「これは？」

お葉が訊《たず》ねると、これは皆さんにお出ししていましてね、とおはんが答える。

つまり、お通しということなのであろう。

それにしては二品と豪勢なのは、開店祝いの意味が込められているからに違いない。

祝肴は青身《あおみ》大根の唐墨挟《からすみばさ》みと岩茸《いわたけ》で、扇《おうぎ》形の備前《びぜん》小皿に盛られていた。

そしてなんといっても圧巻だったのは、塗物の四方盆《しほうぼん》に盛られた八寸で、盆に隈笹《くまざさ》を敷き、その上に、車海老《くるまえび》このこ焼（海鼠《なまこ》の卵巣を刻《きざ》んで海老に振りかけて焼いたもの）と唐墨烏賊巻《いかまき》の粕漬《かすづけ》、枝豆松葉差し……。上に、楓《かえで》の葉をあしらったのが小粋《いき》であった。

「なんと、一流料亭のようじゃねえか！」

友七が目を輝かせる。

「浅草の宵山《よいやま》にいた板脇《いたわき》というからさ。八百善《やおぜん》ほどではないにしても、気の利《き》いた料理を作るのだろうさ」

「じゃ、こっちのほうも高《たけ》ェんだろうな？」

友七が指を丸めてみせる。

「いや、そうでもないだろう。壁に貼《は》られたお品書を見てごらんよ。下《くだ》り酒《ざけ》が三十二文《もん》で、刺身《さしみ》や焼物も縄暖簾とさして違っちゃいない。うん、まあ、心持ち高い程度だから、これなら親分もちょくちょく顔が出せるよ」

お葉は改めて見世の中を見回した。

居抜きで借りた見世だというが、壁の掛け花入れから紫式部《むらさきしきぶ》の実が枝垂《しだ》れ落ち、長飯台の花瓶《かびん》には、柊《ひいらぎ》が白く可憐《かれん》な花をつけている。

茜地に白抜きで見世の名が記された真新しい暖簾、樽の上に敷かれた絣《かすり》の丸座布団《まるざぶとん》……。

いかにも、文哉らしい心配りであった。

その中にあり、敢《あ》えて壁にお品書を貼り出したのは、客に安心して飲み食いをしてもらうためだろう。

これなら贔屓《ひいき》の客もつくように思えた。

「おっ、どうしてェ、食えよ。美味《うめ》ェぞ！　こいつァ、掛け値なしに美味ェ……」

友七に言われ、お葉も満足げに頬を弛《ゆる》め、箸《はし》を取った。


「へえェ、そんなにいい見世だったんですか！　なら、もっとゆっくりして来ればよかったのに……」

おはまが銀杏《ぎんなん》の殻《から》を剝《む》きながら言う。

「おまえたちが働いているというのに、そうはいかないだろう？　けどさァ、ふふっ、文哉さんがご馳走《ちそう》するというのを、あたしが一杯だけ呼ばれて帰ると言ったときの親分の拍子《ひょうし》抜けした顔ときたら、おまえたちに見せたかったよ！」

お葉は思い出したように、くすりと肩を揺《ゆ》らした。

「そりゃそうでやしょう。親分はこの日を愉《たの》しみにしていなさったんだから……。けど、親分も存外に肝《きも》っ玉《たま》が小せェよな？　女将さんが帰《けえ》ると言いなすっても、親分だけでも残って馳走《ごち》になりゃよかったんだ」

「まっ、そんなことを言っちゃって！　親分はおまえさんと違って、そこまでほてくろしく（図々《ずうずう》しく）ないんだよ！　それで、みすずはどうしていました？」

やはり、おはまはみすずのことが気になるとみえ、銀杏の殻を笊《ざる》に戻すと、身体《からだ》を乗り出してきた。

「ああ、元気そうだったよ。帰りしな、厨《くりや》をちょいと覗《のぞ》いてみたんだが、あの娘《こ》、甲斐甲斐《かいがい》しく皿を洗っていてね。あたしの顔を見たら、照れ臭そうに笑っていたよ。文哉さんの話では、あの年頃の娘にしては気扱《きあつかい》のある我勢者《がせいもの》（働き者）だそうで、他人《ひと》から言われる前に自分が何をしなくちゃならないのか解っているってさ……。みすずは見っけものだったと手放しで悦《よろこ》んでいたよ。あっ、そうだ！　そう言えば、あと二人ほど、小女を世話してくれないかと頼まれたからね」

「小女をあと二人……。じゃ、みすずじゃ間に合わないってことでやすか？　妙じゃありやせんか！」

正蔵が訝《いぶか》しそうな顔をする。

「そうじゃないんだよ。それだけ忙しいってことでさ。当初、文哉さんは客席を自分とおはんの二人で廻すつもりだったんだが、実際に蓋《ふた》を開けてみると、それでは手が足りないと気づいたんだろうね。それは、今日行ってみて、あたしも思ったよ。思った以上に客席の数が多くてさ……。文哉さんは女将なんだから、帳場も見なくちゃなんないし、客の応対もしなくちゃならない。そうなると、お運びがおはん一人になっちまう……。現在《いま》は開店したてで、新物食《しんものく》いが多いからとばかりも言っていられなくてね。あたしが見るに、あの客席には、常時、四人のお運びが必要だ。とまあ、そういうことなんで、正蔵、さっそく小女を二人見っけておくれ！」

「へい」

正蔵はようやく平仄《ひょうそく》が合ったという顔をしたが、思い出したかのようにお葉を見た。

「ところで、戸田さまは現在《いま》どちらに？」

「どちらにって、道場じゃないのかえ？　確か、今日は松井町に行かれる日だよ。ねえ、おはま、そうだったよね？」

お葉に言われ、おはまも相槌《あいづち》を打つ。

が、どういうわけか、正蔵はまだ首を傾《かし》げている。

「どうした？　戸田さまに何か……」

「へえ、それが……。道場から遣いが来やしてね。どうやら、門弟の一人のようでやしたが、戸田さまが道場に顔を出さないものだから、体調でも悪いのではないかと師範代が案じておられると言いやしてね……。なんでも、これまで一度として、戸田さまが無断で稽古《けいこ》に穴を空けることがなかったそうで、それで、何かあったのではないかと心配しておられるそうなんですよ」

お葉とおはまは顔を見合わせた。

「中食《ちゆうじき》のときにはおられたよね」

「ええ。常なら中食を済ませて、それから道場に出られますよね？」

「妙じゃないか……」

「ええ、妙ですよね。あたしは何も聞いちゃいませんが、女将さんは何か聞かれています？」

「いや……」

「そうだ！　清太郎坊っちゃんは？　坊っちゃんなら、何か聞いてるかもしれやせんぜ」

正蔵が仕こなし振りに、ポンと膝《ひざ》を打つ。

と、そこに、計《はか》ったように清太郎が手習所から戻って来た。

「清太郎、おまえ、戸田さまから何か聞いちゃいないかえ？」

「中食を終えて、確か、戸田さまと話をしていたよな？」

「どこかに行くとか言っていなかったかえ？」

三人から矢継《やつ》ぎ早《ばや》に訊ねられたので、清太郎がとほんとした顔をする。

「道場に行ったのじゃないの？」

「それが行っていないから、こうして訊ねているんじゃないか！」

お葉は気が苛《いら》ったように、思わず声を荒らげた。

叱《しか》られたとでも思ったのか、清太郎が今にも泣き出しそうな顔をする。

「ああ、ごめんよ。叱ってるんじゃないんだ。中食の後、おまえは戸田さまと何を話してたんだえ？」

お葉は清太郎の傍《そば》に寄って行き、耳許《みみもと》でそっと囁《ささや》いた。

「石鍋先生から借りていた書物を、もうしばらく貸してもらいたいと伝えてくれって……。だから、おいら、ちゃんと伝えたよ。石鍋先生も気にしなくていいって……」

清太郎は鼠鳴《ねずみなき》するような声で答えた。

「そうだったのかえ……」

「では、戸田さま、一体どうしちまったんだろう……」

「だよな？　これまで無断で稽古に穴を空けることがなかった戸田さまだ。こいつア、急な用が出来たか、何か事件に巻き込まれたと思わなくちゃなんねえだろうな」
正蔵が蕗味噌《ふきみそ》を嘗《な》めたような顔をする。

お葉の胸をじわじわと重苦しいものが塞いでいく。

「だが、急な用が出来たのだとしたら、その旨《むね》を誰かに伝えていくだろう？　戸田さまって、そういう男《ひと》だもの……。ということは、正蔵が言うように、何か事件に巻き込まれたのだろうか」

「事件って……」

おはまも胸を押さえ、不安の色を露《あら》わにする。

「友七親分に知らせたほうがいいのだろうか……」

「女将さん、それはいけやせん！　戸田さまは女子供じゃねえんだ。大の男が半日行《ゆく》方《え》知れずというだけで大騒ぎをしたんじゃ、戸田さまが面皮《めんぴ》を欠くことになりかねやせん。戸田さまにだって、俺たちにゃ言えねえことがあるのかもしれねえし、ここは様子見ってことで、待つより方法がありやせんぜ」

さすがは甲羅《こうら》を経《へ》たと言いたいところだが、そう言いながらも鬼胎《きたい》が拭《ぬぐ》えないとみえ、正蔵は相変わらず唇をへの字に曲げている。

お葉は腹を括《くく》ったかのように、全員を見回した。

「たいもない！　ここで雁首《がんくび》を揃《そろ》えて不安を募《つの》らせていたってしょうがないじゃないか！　何があったにせよ、戸田さまのことだもの、きっと切り抜けて帰って来なさるだろう……。だから、あたしたちはそれを信じて待つだけだ。さっ、そろそろ夕餉《ゆうげ》の仕度《したく》だ。おはま、銀杏の殻は剝けたのかえ？」

お葉がわざと威勢のよい声を出す。

「えっ、ああ、あと少しです」

「じゃ、あたしも助《す》けようかね」

「お願いします」

お葉とおはまが銀杏の殻を剝いていく。

が、突如、おはまは手を止めると、ふうと太息《ふといき》を吐《つ》いた。

「この銀杏、今朝、戸田さまが拾ってきて下さったのにね……。焙烙《ほうろく》で煎《い》って食べると、酒の肴になるって……。けど、肝心《かんじん》の戸田さまがいないんじゃね」

その言葉に、お葉も手を止める。

再び、茶の間に息苦しい空気が漂った。

煙管《キセル》に煙草《たばこ》を詰めていた正蔵が、きっと、おはまを睨《にら》みつける。

「おはま、この藤四郎《とうしろう》が！」

その声があまりにも野太かったので、長火鉢《ながひばち》の傍で丸くなっていた猫のシマが驚いたように頭を上げ、ニャアと一声鳴いた。


その頃、龍之介は千駄木《せんだぎ》の御鷹匠《おたかじよう》屋敷に向かっていた。

中食を済ませ、龍之介はいつものように道場に行こうと日々堂を出た。

すると、八幡橋《やわたばし》のほうから、見覚えのある顔が龍之介を目掛けて走ってきた。

「龍之介さま、ああよかった！　やはり、こちらでしたか……。奥川町の裏店《うらだな》を訪ねたのですが、半年ほど前に引き払われたというではありませんか。それで、日々堂で龍之介さまの行き先を訊ねようと思いこちらに伺《うかが》いましたが、まるで計ったように出て来て下さるとは……。さっ、お急ぎ下さいませ！　ご隠居さまがお待ちにございます」

戸田家の若党であった。

若党は龍之介の腕を摑むと、そのまま八幡橋に向けて引き返そうとする。

「義母上《ははうえ》がわたしを待っていると？　はて、何用かのっ」

「ご隠居さまのご容態《ようだい》が悪いのです。医師の話ではあまりもう永くはないと……。それで、今際《いまわ》の際《きわ》にひと言別れを告げ、龍之介さまに頼みたいことがあると……」

「なんだって！　では、危篤《きとく》ということなのか」

若党は黙って頷《うなず》いた。

「解った、参ろう！　だが、それならその旨を日々堂の連中に伝えておかねばならない。今しばらく待ってくれ」

「いいえ、もうその猶予《ゆうよ》はないかと……。とにかく、お急ぎ下さいませ！」

若党は気を苛ったように急《せ》かした。

それで、急遽《きゅうきょ》、言われるままに千駄木まで駆けつけることにしたのであるが、竹町《ちょう》の渡《わたし》で舟を下り、四ツ手（駕籠《かご》）に乗ってからも、さまざまな想《おも》いが龍之介の脳《のう》裡《り》を駆け抜けた。

今際の際に、夏希《なつき》が自分に言いたいこととは……。

すると、死を間近に控《ひか》え、これまで龍之介にしてきた数々の不人情を悔い、改めて詫《わ》びる気持になったのであろうか……。

そうでなければ、この期《ご》に及んで、夏希が龍之介に逢いたいなどと言うはずもない。

だとすれば、夏希がこの世に想いを残すことがないように、最期の言葉に耳を傾けるべきだろう……。

龍之介の眼窩《がんか》に、病臥《びょうが》してすっかり面変《おもが》わりした夏希の顔が甦《よみがえ》る。

顔も身体も一回り小さくなり、半白《はんぱく》となった鬢《びん》に老いを感じさせた夏希……。

「済まなかった……。許してたもれ……」

夏希は病臥したまま、胸前で手を合わせた。

「義母上、もう何もおっしゃいますな。これでよかったのですよ。よろしゅうございましたね。琴乃《ことの》どののお腹には、赤児《やや》が……。義母上もこれで本物のお祖母《ばば》さまになられるのですぞ！　ですから、一日も早く、元気になって下さいませ」

龍之介がそう言うと、夏希は顫《ふる》える手をつと差し伸べ、

「おまえさまは？　幸せにお暮らしか？」

と掠《かす》れた声で呟《つぶや》いた。

そうして、龍之介が、ええ、幸せですとも！　深川で、市井《しせい》の者と毎日愉しく暮らしていますよ、と答えると、夏希はうんうんと頷き、もう一度、許してたもれ、と呟いた。

それが、半年前のことである。

あのとき、夏希の頬をつっと伝った一筋の涙……。

あれで、永年、互いの胸で蟠《わだかま》っていたものが流された。

少なくとも、龍之介はそう思っていたのである。

だが、夏希の胸には、まだ何かあるのである。

一体、義母上は俺に何を……。

そう思ったとき、琴乃のことがちらと頭を過《よ》ぎった。

あのとき、琴乃は義弟哲之助《おとうとてつのすけ》の子を身籠《みご》もり、七月《ななつき》の身重《みおも》であった。

すると、現在《いま》では一児の母……。

無事に生まれ育っているとすれば、生後三月《みつき》か……。

龍之介は指折り数え、ふっと苦笑した。

千駄木とは音信不通のまま今日まで過ごしてきたが、琴乃の産んだ子が男なのか女なのか、それすら知らされていないのである。

おそらく、知らせなかったのは、嫂《あによめ》の芙美乃《ふみの》が、戸田、内田《うちだ》両家にとっては慶事《けいじ》であっても龍之介には酷《こく》、と気遣《きづか》ってくれたからに違いない。

芙美乃には、惹《ひ》かれ合いながらも結ばれることのなかった龍之介と琴乃の気持が解っているだけに、なおさら、伝えることが出来なかったのであろう。

おそらく、今頃、哲之助も琴乃も千駄木に駆けつけているに違いない。

龍之介の胸にさざ波が立った。

ままよ！　動じるもんか……。

赤児に対面しても、決して動じることなく、二人に祝いを述べようぞ！

そんなことを考えていたら、千駄木の御鷹匠屋敷に着いていた。

駕籠から下りると、待ち構えていた別の若党が、そのまま離れにお廻り下さいませ、と中庭から離れへと案内した。

離れは八畳と六畳、四畳半といった造りで、夏希は八畳間に寝かされ、本道《ほんどう》（内科）の医師と琴乃、芙美乃に付き添われていた。

「龍之介さま！　よかった。間に合いましたわね」

芙美乃は龍之介の姿を認めると、さっ、早く中に、と目まじした。

琴乃がはっと振り向き、戸惑《とまど》ったように目を伏せた。

「義母上、龍之介さまがお見えになりましたよ」

芙美乃が声をかけると、夏希はうっすらと目を開け、うんうんと頷くと、片手を上げてかすかに動かした。

どうやら、人払いをという意味のようである。

芙美乃が察して、琴乃に耳打ちをする。

「では、お義母《かあ》さま、わたくしたちは次の間に控えていますからね」

琴乃が夏希の耳許に囁き、芙美乃と共に部屋を出て行く。

医師が夏希の脈を取り、どうぞお話し下され、と促《うなが》す。

「義母上、龍之介にございます。わたしに何か話したいことがあるとの仰《おお》せに、こうして馳《は》せ参じました」

龍之介は枕許まで躙《にじ》り寄り、夏希に話しかけた。

「済まなかった……。おまえさまには母らしきことを何一つしてやれなんだ……。許してたもれ」

夏希が顫える声で呟く。

「義母上、もうそのことはいいのです。義母上はすでに詫びをなさいました」

夏希は辛《つら》そうに首を振った。

「おまえさまに頼みがあってな……。哲之助の力に……。あの子を護ってやってほしいのだ。哲之助は弱い男でな。内田家に入ってからも苦労しているようで、それが、この世を去るに当たって、唯一の気懸《きが》かりでな……。哲之助を頼む。どうか、哲之助を……」

夏希は苦痛に顔を歪《ゆが》め、ぜいぜいと喘《あえ》いだ。

医師が再び脈を取り、龍之介に向かって首を振った。

「気が昂《たか》ぶると障《さわ》りが出るゆえ、もうこれ以上は……」

龍之介は軽く会釈《えしゃく》をすると、

「義母上のお頼み、この龍之介、しかと承《うけたまわ》りましたぞ。ご安心なされ」

と囁き、病室を辞した。

次の間に控えていた琴乃が、龍之介と入れ違いに中に入って行く。

すれ違いざま、琴乃はつと龍之介に目をくれた。

二人の視線が絡み合い、龍之介の胸が激しく高鳴った。

助けて……。

言葉には出さなかったが、琴乃は、どこか救いを求めるような、哀《かな》しげな目をしていたのである。

「では、母屋《おもや》に戻りましょうか」

芙美乃が促し、龍之介は離れを後にした。

母屋の居間では、兄の戸田忠兵衛《ちゅうべえ》が待っていた。

「おう、参ったか。突然のことで驚いたであろう」

忠兵衛が待っていたとばかりに、寄れ、と手招きをする。

芙美乃は婢《はしため》に茶の仕度を命じると、忠兵衛の隣《となり》に龍之介の席を作った。

「こんなに義母上の容態が悪くなっているとは……」

龍之介が眉根《まゆね》を寄せる。

「医師の話では、もう永くないと……。心《しん》の臓《ぞう》が弱っておいでなのでな。だが、わしはそなたに知らせるつもりはなかった。知らせたところで、そなたが困惑するだけだと思ってな。あれほどの仕打ちをしておきながら、今さら詫びられたところでなんになろうか……。そう思っていたのだが、このところ毎日のように、ひと目そなたに逢いたいと芙美乃に哀願されるというのでな」

忠兵衛はそう言うと、困《こう》じ果てたように芙美乃を流し見た。

芙美乃も辛そうに頷く。

「そうなのです。わたくし、困ってしまいましてね。義母上が今さら龍之介さまに何を言いたいのかも解りませんし、第一、実の息子の哲之助さまが滅多に顔を出されないというのに、龍之介さまをお呼びしてよいものかどうかと……」

「哲之助が滅多に顔を出さないとは……」

龍之介が驚いたように目をまじくじさせる。

夏希がどれほど哲之助のことを大切に思ってきたか、哲之助が一番よく知っているはずである。

父藤兵衛《とうべえ》の後添《のちぞ》いとして戸田家に入り、先妻が産んだ忠兵衛、龍之介の二人に比べて何事にも劣る哲之助を、常に、叱咤激励《しったげきれい》しながら支えてきた夏希……。

風貌《ふうぼう》、学問、剣術と、どれ一つ取っても龍之介に劣る哲之助である。

我が子の行く末を案じた夏希は、内田琴乃と龍之介が相思の仲と知っていて、敢えて龍之介は他の女ごと所帯を持ったと嘘《うそ》を吐《つ》き、哲之助を琴乃に添わせたのだった。

生《な》さぬ仲の息子を蹴落《けお》としてまで、我が子の立身を画策した夏希……。

その手腕はあっぱれとも思えるほどで、龍之介は業《ごう》を煮やす以前に、夏希の息子を想う母の愛に打ちのめされた。

幼い頃に実の母を失った龍之介には、夏希の姿は衝撃的であり、兜《かぶと》を脱いだ恰好《かっこう》で、琴乃の前から完全に姿を消してしまったのである。

千駄木の家を捨ててからも、龍之介の行方を捜《さが》し続けた琴乃……。

琴乃には済まないことをしたと思っている。

龍之介は夏希の嘘に異を唱《とな》えることなく、逃げてしまったのであるから……。

内田家は十代将軍の頃より代々世襲で鷹匠支配を務めてきた家柄で、戸田家が二代将軍の頃から務めてきたのに比べれば、家禄《かろく》も戸田家千五百石、内田家千石と差があるにせよ、両家の縁組はまたとない良縁だった。

だが、それは、内田家の嫡男《ちゃくなん》威一郎《いいちろう》が不慮《ふりょ》の死を遂《と》げ、急遽、琴乃が養子を取ることになったから巡《めぐ》りめぐってきたことであり、龍之介と琴乃が秘《ひそ》かに想いを寄せていた頃には、武家の次男坊と嫁に出なければならない女ごには、叶《かな》わぬ恋と諦《あきら》めていたことだった。

運命とは、なんと皮肉なものであろう。

琴乃への思いを断ち切るために龍之介が姿を消したその後に、内田家の嫡男が急死してしまうとは……。

結句、その時点で、歯車が狂ってしまったのである。

が、それは、夏希にとって、哲之助を良家の婿養子にするまたとない機宜《きぎ》であった。

それで、夏希は嘘を吐いてまで、形振《なりふ》り構わず、我が子を内田家の婿養子にと焦ったのである。

そんな母の愛を、哲之助は誰よりも知っていたはずである。

それなのに、夏希の容態が思わしくないと知って、なぜ……。

龍之介には解《げ》せないことだらけである。

「何ゆえ、哲之助は顔を出さないのでしょう」

龍之介が訝しそうな顔をする。

芙美乃も忠兵衛も弱り切ったという顔をした。

「いえ、まったく来られないわけではないのですよ。けれども、おいでになっても、半刻《はんとき》（一時間）もしないうちに帰られますの。赤児《やや》のことがあり、義母上が追い返されますの……」

芙美乃が溜息《ためいき》を吐く。

「赤児のこととは？」

「亡くなりましたのよ。生後一廻り（一週間）ほどで……」

あっと、龍之介は息を呑《の》んだ。

そこに、婢が茶菓《さか》を運んで来た。

茶菓が配られる最中も、居間は重苦しい雰囲気に包まれていた。

が、婢が下がると、忠兵衛は重苦しい空気を払うように、一つ、大きく咳《しわぶき》を打った。

「女の子でしたのよ。琴乃さまに似て、それはそれは愛らしいお子で……。哲之助さまも我が子が生まれ、これでもう、内田家の当主の座が揺るぎないものとなったとお思いになったのでしょうね。傍目《はため》にも異常に映《うつ》るほど溺愛《できあい》されましてね。ところが、内田家に入って間もない頃からご酒《しゅ》が進むようになり、赤児が生まれれば少しはご酒の量が減るかと思ったのに一向に減らず、あるとき乳母《うば》が目を離した隙《すき》に、酔いの回った哲之助さまがご自分の閨《ねや》に赤児を連れ帰られましてね。お屋敷では、まさか哲之助さまが赤児を連れ出したとは思わないものですから、賊《ぞく》が入ったのか子攫《こさら》いに遭《あ》ったのかと、大騒ぎになったそうですの。それで、とにかく、屋敷の中を隈《くま》なく捜そうということになり、使用人が各部屋を捜し回ったところ、なんと、哲之助さまが懐《ふところ》の中に赤児を抱え込んで眠っておられるではないですか……。けれども、皆が安堵《あんど》したのも束《つか》の間《ま》……。赤児は哲之助さまの懐の中で、すでに息絶えていましたの」

芙美乃はそこまで言うと、うっと袂《たもと》で顔を覆《おお》った。

「では、窒息死《ちっそくし》したと……」

龍之介が絶句する。

忠兵衛が忌々《いまいま》しそうに、あの莫迦《ばか》が！　と吐き出す。

「赤児が鼻を塞がれ苦しがっているのにも気づかず、眠りこけるとは！　いかに、酒がさせた失態と抗弁したところで、とても許せることではない」

「赤児は香乃《かの》さまと名付けられましたのよ。可哀相に、この世に生を受けてわずか一廻りほどで、香乃さまはあの世に召されてしまわれた……」

芙美乃が目頭《めがしら》を押さえる。

「それで、琴乃どのは……」

龍之介の眼窩に、救いを求めるように見た、琴乃の哀しげな目が甦る。

「それはもう、気落ちなさいましてね。けれども、他人がしたことならあからさまに誇《そし》ることも出来ましょうが、ご自分の夫が犯した失態となれば、面と向かって責めることが出来ない……。しかも、故意ではなく、過失とあれば、なおさらでしょう……。琴乃さまは陰では香乃さまを偲《しの》んで涙を流すことがおありになっても、人前ではひたすら堪《た》えることに努め、ことに、哲之助さまの前では、決して、責めることも泣くこともなさいませんでした。それが、哲之助さまには余計に堪《こた》えたのでしょうね……。お二人の間に気まずい空気が漂うようになり、今では、会話をすることも滅多にないとか……」

「だからといって、琴乃どのに非があるわけではない！　非があるのは、哲之助のほうではないか！」

忠兵衛が苦虫《にがむし》を嚙《か》み潰《つぶ》したような顔をする。

芙美乃は深々と肩息《かたいき》を吐くと、口に湿りをくれ、再び話し始めた。

「義母上もたいそう気になさいましてね。息子の不始末は自分の不始末と、病の身で、雑司ヶ谷《ぞうしがや》まで謝りに行かれましてね。内田家では赤児が早世《そうせい》したのは御仏《みほとけ》のご意思、香乃の持って生まれた宿命《さだめ》なのだからと、哲之助さまを責めようとはなさいませんでした。けれども、それが義母上には針の筵《むしろ》に坐《すわ》らされたように思えたのでしょう。誰も面と向かって哲之助を責めないのであれば、その役目を果たすのは自分だろうと哲之助さまを叱りつけ、二度と酒を口にしないように命じると、名誉を回復するためにも、今後はよりいっそうお務めに励むようにと、諄々《じゅんじゅん》と諭《さと》されましてね。その後、義母上の病はますます悪化の道を辿《たど》る一方で、ここひと月ほどは、厠《かわや》に立つこともままならなくなりましたの」

「そうでしたか……。そんなことがあったとは……。だが、そこまで義母上の病状が思わしくないというのに、何ゆえ、哲之助は傍についていてあげない？　義母上が現在《いま》一番傍についていてほしいのは、哲之助でしょうに……」

龍之介には、夏希の気持も解らなければ、哲之助の気持も解らなかった。今際の際に、ひと目、龍之介に逢いたいというのであれば、最愛の息子哲之助に傍にいてもらいたいと願ってもよいはずである。

「それがね……。そうもいきませんの」

芙美乃は奥歯にものが挟まったかのような言い方をした。

「哲之助さまが見舞いに見えても、おまえは母のことなど気にしなくてよい、内田家に入ったからには内田家の人間なのだから、舅《しゅうと》どのの跡をしっかと引き継《つ》ぎ、お役目のことだけを考えればよい、と義母上が追い返されますの。それで、見かねた琴乃さまが哲之助さまの代わりに傍について差し上げているのですよ」

「では、義母上は琴乃どのに介護されることを納得されていると？」

芙美乃が眉根を寄せる。

「夫は内田家に婿として入った身だが、実家《さと》の親を看病するのは、妻たる自分の務め……。琴乃さまがそんなふうに言われましてね。義母上には、琴乃さまに看病されることほど辛いことはないのでしょうが、琴乃さまはわたくしが傍についているので雑司ヶ谷にお帰り下さいませと言っても、頑《がん》として受けつけようとなさいませんの……。いいえ、誤解しないで下さいまし。決して、琴乃さまは嫌みでそうなさっているのではないのですよ。あの方は、心《しん》から、義母上の傍についていて差し上げたいと思っておられるのです。龍之介さま、本当のことを申し上げますわね。わたくし、辛くって……。お二人の立場や気持が手に取るように解るだけに、なおのこと、辛くって……」

懐手《ふところで》に、それまで目を閉じていた忠兵衛が、ぼそりと呟く。

「琴乃どのは悪くはない。妻として、義理の母にすることをしているまでだ。それを辛いと思うのは、辛いと思う者のほうに非があるのだ」

「では、おまえさまは二人の間に入って辛いと言った、このわたくしに非があると言いなのですか！」

芙美乃が甲張《かんば》った声を上げる。

「いや、おまえのことを言ったのではない。わしは義母上と哲之助のことを言っているのだ……」

忠兵衛は慌てた。

龍之介が咳を打つと、割って入る。

「いえ、これは誰に非があるということではありません。確かに、赤児の死はどんなに哀しんでも哀しみきれないほどのことでしたが、嘆《なげ》いていても二度と赤児は戻って来ません。内田家が言うように、これは赤児の持って生まれた宿命……。が、そうかといって、決して、記憶の端《はし》から消し去ることは出来ません。哲之助は生涯その重責を背負って生きていかなければならないだろうし、義母上にはそんな哲之助が不憫《ふびん》でならず、ご自分と哲之助に制裁を加える意味で愛の鞭《むち》をふるい、哲之助を病室から遠ざけられた……。琴乃どのにしてみれば、それが解っているのに、はあそうですか、と黙って見ているわけにはいかなかったのでしょう。義姉上《あねうえ》が仰せのように、琴乃どのは決して嫌みで義母上の看病をしているわけではありません！　あの女《ひと》はそういう女なのですよ。困っている人を見て、手を差し伸べずにはいられない……」

「それは解っておる！　解っておるからこそ、芙美乃は間に入って辛いと言っているのだ」

忠兵衛が気を苛ったように言い、おい、お茶、と空《から》になった湯呑《ゆのみ》を突き出す。

芙美乃がポンポンと手を叩く。

廊下で待機していた婢が入って来て、忠兵衛の杯台《さかずきだい》を下げた。

「これまで、哲之助が義母上の見舞いに来られなかった事情は解りました。ですが、義母上はあのように明日をもしれぬ状態です。知らせなくてよいのですか？」

龍之介が忠兵衛に目を据《す》える。

「雑司ヶ谷には義母上が息を引き取られてから、遣いを出すことにしている。琴乃どのもそれでよいと言われるのでな」

「…………」

龍之介は言葉を失った。

今際の際に、ひと目、龍之介に逢いたいと言った夏希……。

本当の意味で、ひと目逢いたいのは哲之助なのではなかろうか。

「兄上！」

龍之介はきっと忠兵衛を睨《ね》めつけた。

「哲之助に最期の別れをさせるべきではないでしょうか！　義母上や哲之助の立場では、そうしたくても言い出すことが出来ない。むろん、琴乃どのにも言えない……。だからこそ、周囲《まわり》の者が二人の気持を慮《おもんぱか》ってやらなければならないのではないでしょうか」

はっと、芙美乃も忠兵衛を見る。

「そうですよ！　哲之助を呼ぶ必要がないと、屹度《きっと》、義母上から言いつけられているにしても、わたくしたちはその裏にある心を察して差し上げるべきでしたわ。おまえさま、現在《いま》からでも遅くはありません。雑司ヶ谷に遣いを走らせて下さいまし！」

忠兵衛はうむっと腕を組み、しばし考えていたが、顔を上げると、よし解った、すぐさま若党に走らせよう、と言った。

芙美乃が部屋を出て行く。

「では、わたしはそろそろお暇《いとま》いたしましょう」

龍之介が脇に置いた長差《ながざし》を摑み、腰を上げかける。

「なに、帰るとな？　そなた、今宵《こよい》は泊まっていけ！」

忠兵衛が驚いたように龍之介を見る。

「ですが、わたしは義母上とお別れをすることが出来ましたゆえ、もう用はないかと……。この後は、わたしはいないほうがよいかと思いますが……」

「それは、通夜、葬儀にも出ないということか？」

「そのほうが、哲之助や琴乃どのにとっても、よいことかと存じます」

「そうよのう……。そなたがいると、哲之助も琴乃どのも辛いかもしれぬのっ……。では、夕餉だけでも済ませていけ！　案ずるな。早駕籠を立て、無事、深川まで送り届けさせる」

刻《とき》は六ツ（午後六時）を廻ったであろうか……。

夕餉と聞いたとたん、腹の蟲《むし》がグウと騒いだ。

「では、そうさせてもらいましょうか」

忠兵衛がポンと手を打つ。

「何か……」

廊下から婢が顔を出す。

「今宵は龍之介もここで一緒に夕餉を摂《と》ることになった。奥にそう伝えておくように」

そう言った忠兵衛の顔は、久々に兄らしき面差《おもざ》しに戻っていた。


久し振りに龍之介と夕餉の膳《ぜん》を囲むことになり、甥《おい》の茂輝《しげき》は大はしゃぎであった。

「切紙《きりがみ》目録の次は目録ですからね。わたしは十三歳になるまでに貰うつもりです。そして、十五歳か十六歳で、中ゆるし！　元服するまでには免状を貰うつもりです」

鰤《ぶり》の照焼《てりやき》をつつきながら、茂輝が目を輝かせる。

「茂輝！」

忠兵衛がきっと鋭い視線を投げかける。

「解りましたよ。食事中に無駄話をしてはならないのでしょう？　けれども、わたしが叔父上《おじうえ》に逢うのは半年ぶりですよ。以前はちょくちょく来て下さったのに、この頃は、滅多においでにならないんだもの……。それに、食事が済めば、後は大人の話があるといって、わたしはいつも自室に追いやられてしまいます。今、話さないと、叔父上と話す機会がないではありませんか」

茂輝が不服そうに頬を膨《ふく》らませ、異議を唱える。

この前、茂輝に逢ったのが、晩春の頃……。

切紙目録が貰えそうだと期待に胸を弾《はず》ませていたが、わずか半年で、堂々と父親に異議を唱えるほどになったとは、子供の成長は早いものである。

給仕のために傍に控えていた芙美乃が、くすりと笑う。

「おまえさま、茂輝の言い分にも一理ありますことよ。よろしいではありませんか。茂輝は龍之介さまにお逢い出来て、嬉しくて堪らないのですよ」

忠兵衛は答える代わりに、咳払いをした。

「元服するまでに中ゆるしとは、なかなかよい心がけだ。だが、剣術ばかりにかまけていて、学問が疎《おろそ》かになるようではいかんぞ」

龍之介が愛《いと》おしげに茂輝を見る。

「委せておいて下さい！　麹町《こうじまち》の教授所では、わたしは常に上位の席順についていました。論語《ろんご》や大学《だいがく》はとうの昔に習得しましたし、現在《いま》は、中庸《ちゅうよう》や孟子《もうし》を学んでいます」

茂輝が誇らしそうな顔をする。

「ほう、四書五経《ししょごきょう》とな……。では、兄上がお望みのように、元服する頃には昌平坂《しょうへいざか》学問所というのも夢ではないと？」

龍之介はちらと忠兵衛を流し見た。

忠兵衛は満足げに頬を弛めかけたが、慌てて笑《え》みを払うと、まだ素読《そどく》の段階だ、とぞんざい気に言い放った。

嬉しさを素直に表せないのがこの男《ひと》の悪い癖《くせ》だが、論語読みの論語知らずにならぬよう、一人息子の躾《しつけ》に厳しく当たろうとする忠兵衛の心は、龍之介にも解らなくはなかった。

「龍之介さま、お代わりは？」

芙美乃が手盆《てぼん》を差し出す。

「では、遠慮なく……」

龍之介は手盆に茶椀《ちゃわん》を置いた。

忠兵衛の妻であり茂輝の母である芙美乃は、家族と一緒に食事を摂らない。それは武家の仕来《しきた》りであり、戸田家に生まれ育った龍之介には、さほど違和感はないはずだった。

ところが、現在《いま》では、日々堂の茶の間でお葉や清太郎、正蔵らに囲まれて、愉しげにその日あったことを語り合いながら食事をするのが習《なら》わしとなっている。

そのせいか、いささか気詰まりに感じ、どこかしら落着かない。

食後、茂輝が自室に引き上げ、芙美乃の淹《い》れた茶を啜《すす》っているときだった。

「そろそろ哲之助が参ってもよい頃だが、遅いのっ」

忠兵衛がぼそりと呟いた。

「そうですわね……。まさか、知らせを聞いても、まだ来ることを躊躇《ためら》っておいでになるのではないでしょうね」

芙美乃も訝しそうな顔をする。

「いや、それはないだろう。若党に有無《うむ》を言わさず連れて来いと言っておいたからな」

「兄上、わたしが来ていることを哲之助に言ったのではないでしょうね？」

「いや、そなたの名は出しておらぬ」

龍之介は安堵した。

自分が来ていると聞き、それで哲之助が来ることを躊躇っているのだとすれば、それほど自分の存在が哲之助には疎《うと》ましいということであり、それでは立つ瀬がないではないか……。

そう思ったとき、あっと、龍之介は目から鱗《うろこ》が落ちたように感じた。

夏希が言いたかったことの真意が、解ったように思えたのである。

「おまえさまに頼みがあってな……。哲之助の力に……。あの子を護ってやってほしいのだ。哲之助は弱い男でな。内田家に入ってからも苦労しているようで、それが、この世を去るに当たって、唯一の気懸かりでな……。哲之助を頼む。どうか、哲之助を……」

夏希の言葉が、耳底で何度も木霊《こだま》した。

哲之助の力になってくれとは、内田家での立場が危《あや》うくなった哲之助を案じ、再び琴乃の心が龍之介へと傾かないためにも、自分に消えてくれということだったのだ……。

婿養子の立場にありながら、自《みずか》らの失態で赤児を死なせてしまった哲之助である。

しかも、その婿養子の座も琴乃が龍之介と相思の仲と知っていて、敢えて策を巡らし奪い取ったものであるから、なおさら恐怖に感じるのであろう。

いつ琴乃の気持が龍之介へと傾き、内田家から去り状を叩きつけられるやもしれない……。

夏希はそれを虞《おそ》れて、死を間際に控えた最期の頼み、つまり遺言として、哲之助を護ってくれと哀願したのである。

「どうかしまして？」

芙美乃が龍之介の顔色が変わったのを見て、怪訝《けげん》そうに訊ねる。

「いえ……」

龍之介は挙措《きょそ》を失った。

「深川に用があったのを思い出しました。申し訳ありませんが、駕籠を呼んでいただけないでしょうか」

哲之助が現れないうちに、この場を去らなければと思った。

「まあ、こんな夜分に？　お泊まりになればよろしいのに……」

「いえ、そういうわけにはいきません」

龍之介の顔つきを見て、忠兵衛はすべてを察したようである。

「辻駕籠など呼ぶ必要はない。芙美乃、若党に言って、うちの乗り物（駕籠）を仕度させなさい！」

「有難うございます」

「龍之介……」

忠兵衛が複雑な眼差《まなざ》しを投げかける。

「済まぬ。兄として、そなたに何もしてやれぬことが、口惜《くちお》しくてならぬ……。だが、今一番辛いのは、哲之助なのだ。どうか、解ってやってくれ……」

忠兵衛の目がきらと光った。

「兄上、頭をお上げ下され。哲之助はわたしにとっても弟ですぞ。弟の幸せを願わない兄がどこにおりましょうや」

龍之介は無理して頬に笑みを貼りつけた。

そこに、芙美乃が乗り物の仕度が出来たと知らせに来た。

鷹匠屋敷の表門から乗り物に乗ろうとして、龍之介は屋敷を振り返った。

再びこの屋敷に脚を向けるのは、夏希のことが何もかも終わってからだが、はて、いつ頃のことになるのであろうか……。

義母上、おさらばいたしまする……。

龍之介は胸の内で手を合わせた。

そして、哲之助にも、琴乃にも、別れを告げた。

「待たせたな。深川黒江町まで行ってくれ」

龍之介は陸尺《ろくしやく》（駕籠舁《か》き）を振り返ると、明るい声を放った。


「じゃ、昨夜の帰りは八ツ（午前二時）を廻ったんですね？　まあ、それなら、ひと言言って下さればよかったのに……。女将さんが、いえ、女将さんばかりじゃありませんよ。あたしも亭主も心配で心配で……。道場まで無断で休んだと聞いたもんだから、何か事件に巻き込まれたんじゃないかと、すんでのところで、友七親分の許に駆け込むところだったんですからね！」

味噌汁《みそしる》を装《よそ》いながら、おはまが恨めしげに龍之介を見る。

「済まなかった。いや、断って行こうと思ったのだが、戸田の若党が一刻を争うと急がせるものだからよ」

龍之介は申し訳なさそうに、ぺこりと頭を下げた。

「もうそれくらいでいいだろう？　戸田さまが謝っているんだからさ。義理のおっかさんが危篤だというんだもの、仕方がないじゃないか。けど、そんな状態なのに、こちらに帰って来てもよかったのかえ？　傍についておあげになったほうがよかったんじゃ……。まっ、そりゃね、危篤といっても、それから何日も保《も》つ場合があるからさ……。それで、一旦戻って、再び出掛けようと思ったのかもしれないが、町小使《まちこづかい》（飛脚）にちょいと文を託《たく》して下さりゃ、入り用のものはなんだって届けたのにさ」

お葉がそう言うと、龍之介は、いや、もういいのだ、その必要はない、とぽつりと呟いた。

「必要がねえって……。じゃ、これから先、万が一ってことがあっても、通夜や野辺《のべ》送りには出ねえってことで？」

正蔵が目をまじくじさせる。

「ああ。戸田の兄とも話したが、そうすることにした」

「…………」

「…………」

「…………」

お葉とおはまが顔を見合わせ、正蔵がとほんとした顔をする。

「まっ、お武家のするこたァ、俺たち下々《しもじも》の者にゃ解らねえがよ。そんなものかよ……。血は繋《つな》がっていねえといっても、幼い頃から育ててくれた継母《ままはは》だっつゥのによ……」

正蔵が呆《あき》れ返ったように呟くと、おはまがきっと鋭い視線を投げかけた。

「おまえさん！　余計なことを言うんじゃないの！」

どうやら、おはまは龍之介の顔が辛そうに歪んだのを見逃さなかったようである。

「そうだよ！　他人《ひと》にはさまざまな事情があるもんだからさ……。さっ、お飯《まんま》にしようじゃないか！　清太郎、顔は洗ったんだろうね？」

お葉はわざと明るく言った。

「洗ったよ！　もう、おっかさんたら……。おっかさんと一緒に洗ったのを忘れちまったのかい？」

「そうだった、そうだった……。ごめんよ。さっ、食べよう！　おや、今朝は秋鮭《あきじやけ》かえ？　脂《あぶら》が乗っていて美味《うま》そうじゃないか！」

「うん。おいら、鮭、大好き！　シマ、おいで！　おまえにも分けてやるからさ」

清太郎が部屋の隅《すみ》にいた猫のシマに声をかける。

「これ！　シマは後でいいの。まずは、人間さま！　人間さまが食べ残したものがシマの胃袋に収まるんだからさ」

「じゃ、シマ、待ってなよ！　おいらが食べ残してやるからよ」

「清太郎！」

お葉の厳しい声が飛び、清太郎がへへっと肩を竦める。

龍之介の顔にも、ようやく明るさが戻ったようである。

「やっぱり、いいなあ……」

龍之介が箸で鮭の身を解《ほぐ》しながら、ぽつりと呟く。

「えっ、何が？　何がいいの？」

清太郎が龍之介の顔を覗き込む。

「こうして大勢で、わいわい言いながら食事を摂るのがさ」

「食事って、そんなふうにして摂るもんじゃないの？」

「莫迦だね、清太郎は！　戸田さまは千駄木のお屋敷のことを言っておいでなんだよ」

お葉がそう言うと、今度は、おはまが興味津々《しんしん》とばかりに槍《やり》を入れてくる。

「千駄木のお屋敷って……。じゃ、お屋敷では、家族全員で膳を囲まないんですか？」

龍之介は苦笑した。

「武家には何事も順位があってよ。まずは当主、嫡男、次男、三男と男どもが……。

女ごはその後からだが、戸田の場合は女ごの子がいなかったので、義母が男たちの給仕をして、その後、一人で食事を摂り、最後が使用人たちの食事となっていた……」

「まっ、なんて堅苦しい！　あたしゃ、武家の女ごに生まれなくてよかったよ」

「そうだよ！　綺麗《きれい》な着物《べべ》を着て、供連れでしゃなりしゃなりと歩いているように見えても、一歩家の中に入れば、そんな差別があるんだもんね！」

おはまの言葉を受け、お葉も憎体《にくてい》に言う。

正蔵がぷっと噴《ふ》き出した。

「案ずるこたァねえ！　どんなに逆立ちしたって、おめえさんたちは武家の女ごになれねえからよ！」

「まっ、言ってくれるじゃないか！」

「そうだよ！　亭主だからって、女房を虚仮《こけ》にするのも大概《たいがい》にしてくんな！」

「まあま、二人とも、気を鎮《しず》めてくれよ！　ひと言、俺が余計なことを洩らしたばかりに、こんな騒動になるなんて……。言うんじゃなかったな……」

龍之介が困じ果てたような顔をする。

「なに、いいのさ。言い合いするのも仲のよい証拠！　なんせ、言った端から、互いに何を言ったんだか忘れちまってる……。それが、家族、仲間ってもんだ！　ねっ、

「正蔵、おはま、そうだよね？」

正蔵とおはまは顔を見合わせると、くすりと肩を揺すった。

食後、清太郎が剣術の稽古をつけてもらおうと、竹刀袋《しないぶくろ》を手に龍之介の傍に寄って行くと、文机《ふづくえ》に向かって代筆をしているとばかりに思った龍之介が、筆を手に舟を漕《こ》いでいた。

清太郎が困惑顔をして、お葉の傍に寄って来る。

「先生、居眠りしてるよ」

おや、珍しいこともあるものよ、とお葉が龍之介の傍に寄って行く。

すると、衣擦《きぬず》れの音に、はっと龍之介が目を醒《さ》ました。

「これは……」

龍之介が狼狽《うろた》える。

「いいんだよ。そう言えば、昨夜、戸田さまが戻って見えたのは、八ツ過ぎだったんだもんね……。二刻《ふたとき》（四時間）ほどしか眠っていないんだもの、眠気がついたって仕方がないさ。そうだ、こうしちゃどうだろう！　今日は、戸田さまに休みを取ってもらうことにして、もう一度、蛤町の仕舞《しも》た屋《や》に戻って休んで下さいな。中食は、弁当を拵《こしら》えて、誰かに届けさせますよ。なんなら、夕餉も運んだっていい……。ねっ、そうなさいよ！」

「えっ、じゃ、おいらの稽古は？」

清太郎が慌てて訊ねる。

「今日は、稽古もお休み！　いいじゃないか、一日くらい……。戸田さまだって、休息が必要だ」

「いや、女将、それには及ばない。清太郎、大丈夫だ。さあ、行こうか！」

龍之介が立ち上がる。

が、その刹那《せつな》、少し身体が蹌踉《よろめ》いた。

「ほら、ふらついてるじゃないか！」

「いや、大丈夫だ」

龍之介はポンと胸を叩いてみせ、清太郎の肩に手をかけた。

二人が表に出て行ってからも、お葉はなぜかしら胸騒ぎを覚えた。

きっと、千駄木で何かあったんだ……。

義理の母親が明日をもしれない状態にあるということ以外の、何か……。

そう思い始めると、居ても立ってもいられなくなった。

が、龍之介のほうから腹を割って話してくれない限り、お葉の立場では、差出《さしで》するわけにはいかない。

「女将さん、ぼんやりしちまって、一体《いってえ》どうしやした?」

見世のほうから正蔵がやって来る。

「いえね、戸田さまの様子がおかしいと思ってさ……。おまえもそう思わないかえ?」

「千駄木で、何かあったんでやすよ」

「やはり、そう思うかえ?」

「そりゃそうでやしょ? お武家のこたァよく解らねえと言ったが、義理の母親が今際の際にひと目逢いてェと呼び寄せたっていうのに、通夜にも野辺送りにも参列しねえなんてよ……。先《せん》に、ちらと聞いた話じゃ、戸田さまと継母の間は甘《うま》くいっていなかったとか……。兄さんと戸田さまは先妻の子で、その下に、継母との間に生まれた義理の弟がいると聞きやしたが、なぜ戸田さまだけが家《へえ》を出ることになったのか……。義理の弟ってェのは、同じ鷹匠支配の家に婿養子に入ったと聞きやしたが、筋からいえば、弟じゃなくて、戸田さまが婿に入るべきじゃありやせんか? どう考えても、妙な話なんだよな……」

正蔵が仕こなし振りに言う。

「妙だよね。何かあったとしか考えられない……。それで、おまえは戸田さまに事情を訊《き》いてみたのかえ?」

「いくらなんでも、そこまでの差出は……。いえ、一度、訊ねようとしたんでやすがね、戸田さまが不快そうに顔を顰《しか》めたもんで、訊いちゃ拙《まず》いことなのかと思い、それっきり口を閉じてしまったんだがよ……」

「そうなんだよね。戸田さまのほうから心を開いてくれなきゃ、土足で脚を踏み入れることになっちまうからさ……」

お葉がふうと太息を吐く。

「けど、清太郎坊っちゃんと見世を出ていく戸田さまの顔を見やしたが、微塵芥子《みじんけし》ほども翳《かげ》りはありやせんでしたぜ」

正蔵が太平楽《たいへいらく》に言う。

そうかもしれない。

あたしの杞憂《きゆう》に終わってくれればいいんだが……。

お葉は気を取り直すと、留帳《とめちょう》へと目を戻した。

龍之介は神社の境内《けいだい》で清太郎の素振《すぶ》りを眺《なが》めていた。

が、目では清太郎の姿を捉《とら》えているが、心ここにあらず……。

というのも、一夜明け、琴乃の救いを求めるような哀しげな目が、龍之介の脳裡に焼きついて離れなくなったのである。

夏希の願い通りに、二度と自分が哲之助や琴乃の前に姿を現さないとしても、はたして、あの二人は甘くいくのであろうか……。

元々、琴乃は望んで哲之助と所帯を持ったわけではない。

芙美乃から聞いた話によると、琴乃は哲之助と祝言《しゅうげん》を挙《あ》げるぎりぎりまで龍之介の身の有りつきを気にし、龍之介が幸せに暮らしていると確信するまでは祝言を挙げるわけにはいかないと、芙美乃に文《ふみ》を出したというのである。

あのとき、芙美乃は龍之介が市井の女ごと所帯を持ったというのは夏希の嘘だと知り、今ならまだ間に合う、自分が琴乃に本当のことを知らせようか、と龍之介に訊ねた。

それを止めたのは、龍之介である。

「それで、龍之介さまは本当に構わないのですね？　内田家に入れば、鷹匠支配の座が待っているし、琴乃さまという好き合った方と添うことも出来るというのに、弟のためにみすみす幸せを棒に振るなんて……」

芙美乃は理解しがたいといったふうに、首を傾げた。

「わたしは幸せですよ。武家の社会に縛られず、深川の連中と毎日愉しく賑《にぎ》やかに暮らしています。幸い、食うことにも事欠きませんし、現在《いま》ほど幸せなことはありませんし
あのとき龍之介が言った言葉は、決して負け惜しみでもなければ、嘘でもなかった。

自分が身を退《ひ》き、哲之助が内田家の婿になることが、戸田、内田両家にとって最良の選択と思ったのである。

だが、決して、心穏《おだ》やかではなかった。

琴乃と哲之助、そして夏希の幸せを望んだはずなのに、身を裂かれるような想いに悶々《もんもん》とし、あの日、二人の祝言の朝を迎えたのだった。

芙美乃が今ならまだ間に合うと言ったとき、言われるままに琴乃の許に駆けつけていたならば、三人の運命は大きく変わっていたのである。

結句、俺は逃げたのだ……。

龍之介の胸がきりりと疼《うず》く。

見ろや、哲之助と琴乃を！

あれで、二人が幸せに見えるかよ……。

夫婦《めおと》というものは、仮にそれが望まぬ相手だったとしても、共に暮らしていくうちに情が湧《わ》き、次第に強い絆《きずな》で結ばれていくものだと思っていたが、現在《いま》の哲之助と琴乃には、微塵芥子ほどもそれが窺《うかが》えない。

あれでも、赤児が無事に育っていれば子が鎹《かすがい》となっていたかもしれないが、赤児を失ったことが契機《きっかけ》となり、元々脆弱《ぜいじゃく》だった二人の絆が一触即発《いっしょくそくはつ》の状態となっているではないか……。

救いを求めるかのように龍之介を見た、琴乃の目……。

済まない、琴乃どの……。

あなたの気持をもっと大切に思うべきだったのに、戸田、内田両家のためと綺麗事を並べ、結句、俺は揉《も》め事を避け、あたかも自分が犠牲になったかのような振りをして、気随《きずい》に市井人として生きることのほうを選んだのだから……。

そして、今また、逃げようとしている……。

はたして、これでよいのだろうか。

「先生、まだァ？　おいら、もう百回は素振りをしたよ！」

清太郎が額《ひたい》に粒の汗を浮かべ、駆け寄ってくる。

「えっ、ああ、もういいぞ」

龍之介はハッと我に返った。

「おや、やっぱり、ここだったのかえ」

お葉が玉砂利《たまじゃり》を鳴らし、鳥居を潜ってくる。

「中食の仕度が出来たんでね」

「ヤッタ！　おいら、ひだるくって（空腹で）お腹の皮がくっつきそうだったんだ。ねっ、おっかさん、今日の中食は何？」

「饂飩《うどん》だよ、牡蠣《かき》が手に入ったんでね、おはまが奮発して味噌煮込み饂飩にしたんだよ。さっ、清太郎、先に帰ってな！」

「先生は？」

「ちょいとおっかさんと話があるんでね……。後から帰るから、おはまに言って、先に食べていてもいいよ」

「解った！」

清太郎が駆けて行く。

お葉は奉納箱まで寄って行くと、早道《はやみち》（小銭入れ）から穴明き銭（四文《もん》）を摘《つま》み出し、ポンと中に放った。

そして、ポンポンと柏手《かしわで》を打つと頭を下げ、龍之介を振り返る。

「戸田さま、なんだか知らないが、どうやら心に想うことがおありのようだね」

「えっ……」

龍之介が驚いたようにお葉を見る。

「どうして、それを……」

お葉はくすりと肩を揺らした。

「だって、戸田さまったら、心ここにあらずといった虚《うつ》ろな目をしてるんだもの……。遠目に見たって、清太郎の稽古を見ていないのは、一目瞭然《いちもくりようぜん》！」

「拙いな、見られていたとは……」

龍之介が恥じらいだように、目を瞬く。

「正蔵も千駄木から帰って来てからの戸田さまは妙だと言っていたからね。おっかさんのことだけじゃなく、他に何か気懸かりなことでもあるんじゃないかえ？　いえね、あたしなんかが口を挟むことではないと解っているんだが、そうはいっても、戸田さまは現在《いま》では家族も同然……。その家族が悩み事を抱えて悶々としているというのに、黙って見ているわけにはいかなくってね。気にかかったものだから、様子を見がてら中食が出来たと知らせに来てみると、案の定、戸田さまは魂《たましい》を抜かれたみたいに茫然《ぼうぜん》としているじゃないか……。いらぬおせせの蒲焼《かばやき》だと思われても構わない！　こうなったら、いっそのやけ、差出をさせてもらいますよ。それで、一体、何があったのさ？」

お葉は龍之介にひたと目を据えた。

「弱ったな……。女将の千里眼《せんりがん》には兜を脱ぐよ。話せば長い話になるんだがね……」

「ああ、どんなに長かろうと構わないさ。こうなりゃ、腹を括って聞くまでだ！　が、取り敢えずは中食だ。饂飩が伸びちまっても困るから、中食の後で、ゆっくり聞こうじゃないか」

龍之介が瞑《くら》い目を上げる。

お葉の胸がざわりと揺れた。

龍之介の目に、逡巡《しゅんじゅん》の色をありありと見て取ったのである。

これは、心して、話を聞かなければ……。

なぜかしら、お葉の胸にも緊張が走った。

中食を済ませ、清太郎が手習所に出掛けると、お葉は膳を片づけに来たおはまに、戸田さまと話があるので、しばらくは誰も茶の間に入れないように、と告げた。

食後の茶を飲んでいた正蔵も事情を察したようで、湯呑を猫板《ねこいた》に戻すと、あたふたと見世に戻って行った。

「番茶じゃなく、美味《おい》しい茶を淹れようね」

お葉は急須の番茶を杯洗《はいせん》に空け、山吹《やまぶき》の入った茶筒を掲《かか》げて見せる。

「では、話を聞こうかね……」

お葉が湯冷ましを急須に注ぎ、ちらと龍之介を窺う。

「実は、千駄木にいた頃の話なんだが……」

龍之介は内田琴乃との馴《な》れ初《そ》めから、自分が戸田の家を出なければならなくなった経緯《いきさつ》や、夏希の画策で、嫡男を失った内田家に弟の哲之助が婿養子として入ることになったことなどを話した。

お葉は間《あい》の手を挟むこともなく、神妙な顔をして耳を傾けていた。

が、話が、琴乃の産んだ赤児が生後間なしに窒息死したという件《くだり》になると、まあ……、と眉根を寄せ、絶句した。

「そんな莫迦なことって……。いくらどろけんヽヽヽヽ（泥酔状態《でいすい》）になってたって、我が子が苦しがるのにも気づかないなんて、そんなことがあるだろうか……。内田家や琴乃さまが怒り心頭《しんとう》に発したところで、無理もないさ！」

「いや、違うのだ。内田家も琴乃どのも哲之助を責めなかった……。いっそ、責められたほうがまだ楽だったかもしれないが、責められないことで、逆に、哲之助や義母《はは》が追い詰められていってね……。以来、哲之助は二度と失態を犯さないようにと一途《いちず》にお務めに励み、それはもう、傍《はた》で見ていると、痛々しいほどに神経を張り詰めているというし、息子を不憫がるあまりに義母の病は悪化の道を辿る一方で……。実は、此度《こたび》、義母が俺に話があると言って呼びつけたのは、哲之助を支えてくれ、護ってくれということで、つまり……」

龍之介が言い辛《づら》そうに言葉を呑む。

お葉は聞くまでもなく、すべてを察し、顔色を変えた。

「まっ、なんてことだえ！　この期に及んで、おっかさんはまだ戸田さまの存在を気にかけてるってことかえ？　だって、そうだろう？　元々、琴乃さまの心は戸田さまにあった……。それなのに、戸田さまが他の女ごと所帯を持ったと嘘を吐いて琴乃さまを横取りしたもんだから、実の息子が失態を犯すと、再び琴乃さまの気持が戸田さまに傾くのじゃないかと怖くて堪らなくなったんだよ！　だから、護ってほしいなどと言って、戸田さまを牽制《けんせい》したんだ！　なんて腹黒い女ごなんだえ！　今際の際にそんなことを言われたんじゃ、誰だって、遺言として受け止めてしまうじゃないか……」

お葉が忌々しそうに火箸《ひばし》で長火鉢の灰を搔《か》く。

「だが、言われてみれば、義母の懸念《けねん》は正鵠《せいこく》を射《い》ているのかもしれない。病室を辞そうとして、琴乃どのとすれ違ったのだが、あのときの救いを求めるような琴乃どのの目……。現在《いま》でも、脳裡にこびりついて離れない……」

「ああ、それで悩んでいるんだね」

「哲之助や義母のことを思えば、俺は二度と琴乃どのの前に姿を現さないほうがいい……。だが、琴乃どののことを思えば、放ってもおけない……」

「辛いだろうね」

「先ほどから、何か琴乃どのにしてあげられることはないかと考えていたのだが、現在《いま》の俺には、どうすることも出来ない。やはり、このまま成り行きを静観し、これから先、琴乃どのが窮地《きゆうち》に陥《おちい》るようなことにでもなれば、そのとき、俺に出来ることをする……。それ以外には手がないように思えてよ」

龍之介が深々と息を吐く。

お葉もふうと肩息を吐いた。

「そうだね。それしかないだろうね。けど、夏希っておっかさんはなんだえ！　そもそもの元兇《げんきよう》はその女ごなんだ。いくら、てめえが腹を痛めた子が可愛《かわい》いからといって、阿漕《あこぎ》な真似《まね》をするじゃないか！　だから罰《ばち》が当たったんだよ。赤児を窒息死させるなんてことになっちまったんだからさ」

龍之介が辛そうに首を振る。

「確かに、哲之助を内田家の婿にしようとして、義母は嘘を吐いた……。だが、こうなったことの元兇は、義母ではない。この俺なんだ！　琴乃どのの気持を知りながら、また、この俺も琴乃どのへの想いを断ち切れないまま、諍《いさか》いを避けて逃げてしまったんだからよ……。俺さえ腹を括って信念を貫《つらぬ》いていれば、皆の心を惑わすことはなかったのだ。哲之助が赤児を窒息死させてしまったのは酒のせいだというが、元々、哲之助は成る口ではなかった……。その哲之助が前後不覚になるまで酒を飲んだのは、夫婦《めおと》になってからも琴乃どのとの間がしっくりいかず、当主としての立場が心許《こころもと》なかったから……。だが、そうさせたのは、他の誰でもない、俺なのだ！　そう思うと、哲之助にも済まないことをしたと思ってな」

お葉はふふっと嗤《わら》った。

龍之介が驚いたようにお葉を見る。

「戸田さまって、なんて優しいんだえ！　そうやって、あっちにもこっちにも気を遣っちゃってさ。けどさ、言い換えれば、それは優柔不断《ゆうじゅうふだん》ってことになるんだよ！　戸田さまのその優柔不断さが、皆の心を翻弄《ほんろう》するんだ！　このあたしでさえ、時たま、戸田さまってあたしに気があるんじゃなかろうかと思うことがあるんだからね。おや、どうしたえ、その顔は！　アッハッハ……。莫迦だね、真《ま》に受けちゃってさ！」

お葉のひょうらかし（からかい）に、龍之介が狼狽える。

お葉はふと真面目《まじめ》な顔に戻った。

「どうだえ？　あたしに腹の中にあるものをぶちまけて、少しは気が楽になったのじゃないかえ？　それでいいんだ……。結句、現在《いま》は成り行きを見守るより仕方がない。水は低きに流れる……。成るようにしかならないんだからさ！」

お葉がお茶を淹れ替え、龍之介に飲めと促す。

龍之介は茶を口に含むと頷いた。

「成るようにしかならない……。まさにその通りだな」

ようやく、龍之介の胸の中に立ち込めていた霧が、ほんの少し晴れたようである。

友七親分と龍之介が千草の花を出ると、いつの間に降り始めたのか、絹糸のような霧雨《きりさめ》が大川を包み込んでいた。

見送りに出た文哉が、おや、いつの間に、と空を見上げる。

「ちょいとお待ちを！　今、傘《かさ》をお持ちしますね」

「なに、霧雨じゃねえか。この程度の雨に、傘は要《い》らねえ。それに、ほら見なよ。西の空に明かりが残ってるじゃねえか！　本降りにはならねえさ」

友七が、なあ、と龍之介を窺う。

「ああ、酔いを醒ますには、この程度の湿りは有難いくらいだ……」

「そういうこった。傘を借りたら、返しに来なくちゃなんねえ……。そうなりゃ、来たついでにまた一杯《いっぺえ》と、女将にゃそのほうが有難《ありがて》ェのかもしれねえが、そうは虎《とら》の皮！　こちとら、そう度《たんび》に小料理屋で一杯なんてこたァ出来ねえからよ」

「まあ、親分たら、てんごうを！　うちみたいな安い見世に毎日来たところで、親分の懐はびくともしませんよ！」

文哉が愛想《あいそ》笑いをする。

「いや、冗談は抜きにして、女将、美味かったぜ！　鮟鱇鍋《あんこうなべ》の実に美味かったこと！　河豚《ふぐ》の白子《しらこ》も口の中で蕩《とろ》けるようだったし、板さんに俺たちが満足していたと伝えておくれ」

龍之介が礼を言う。

「あい承知！　それより、日々堂の女将さんによろしく伝えておくれ。開店のときに何ほどのことも出来なかったんで、今日はうんと馳走しようと思っていたのに、残念だとね」

「なんだか、女将の代わりに俺が馳走になったみたいで、申し訳なかったね」

龍之介が恐縮したように言う。

「何言ってんですよ！　女将さんには、端から戸田さまや親分をお連れ下さいと頼んでいたんですよ」

「そういうこった。戸田さまよ、気にするこたァねえんだ。やっ、女将、馳走《ごち》になったな。また来らァ！」

友七が片手を上げ、御船橋に向かって歩いて行く。

龍之介も文哉に会釈をすると、後を追う。

千草の花が開店し、二廻り（二週間）経《た》った今日、文哉から先日の礼に改めて馳走をしたいので来てくれないかと言ってきた。

活《い》きのよい鮟鱇が入ったので、鍋にして食べさせたいというのである。

「おや、美味しそうだこと！　そうだ、戸田さま、親分とご一緒にどうですか？」

お葉は傍にいた龍之介の顔を窺った。

「鮟鱇か……。そいつは美味そうだが、俺が行ってもいいのかな？」

「いいに決まってるじゃないか！　文哉さんはどなたか誘ってきてくれと言ってるんだ。生憎、あたしは出掛けられないし、正蔵も師走《しわす》を間近に控えた現在《いま》、見世を空けるわけにはいかないからね。友七親分も戸田さまが一緒なら、この前みたいに気を兼ねることもないだろうからさ。ねっ、そうなさいましよ！」

それで、友七と龍之介がお呼ばれに与《あずか》ることになったのだが、此《こ》の中《じゅう》、気の滅入《めい》ることの多かった龍之介の心境を察し、気放《きほうじ》（気晴らし）をさせようとしたお葉の気持が、龍之介には痛いほどに身に沁《し》みた。

その実、千草の花の料理は萎《な》えた心を奮《ふる》い立たせるような料理で、先付《さきづけ》も酒肴《しゅこう》も板前の感性が窺える盛りつけで、鮟鱇鍋は芯《しん》から身体が温まり、鍋の後の雑炊《ぞうすい》がまた堪《こた》えられない美味さだった。

が、なんといっても絶品だったのは、箸休めとして出された河豚の白子……。

紅葉《もみじ》おろしと分葱《わけぎ》の効《き》いた二杯酢《にはいず》に浸《ひた》して食べるのであるが、口の中に入れるととろりと蕩けるようで、思わず唸《うな》ったほどである。

「戸田さまよ、美味かったよな」

前を歩く友七が速度を弛め、龍之介を振り返る。

「こんな贅沢《ぜいたく》をさせてもらって、有難いことです」

龍之介が友七の速度に合わせ、近寄って行く。

「どうでェ、少しは気が晴れたかな？」

えっと、龍之介が友七を見る。

「千駄木のおっかさん、駄目だったんだってな？」

「どうして、それを……」

「なに、蛇《じや》の道は蛇《へび》……。千駄木界隈《かいわい》を縄張りとする岡っ引きに、鷹匠屋敷で何事か起きたら一報くれと頼んでいたのよ。おっかさんが亡くなったのは一廻り前だったとよ……。さすがに鷹匠支配のご隠居ともなると葬儀の盛大さが違うと、その親分が驚いてたぜ」

「一廻り前……」

「その様子じゃ、やっぴし、野辺送りには参列しなかったようだな」

「ええ。でも、少し前に、義母とは最期の別れを済ませましたので……」

「どんな事情があるのか知らねえが、まっ、おめえさんがそれでいいというのなら、俺《おり》ャ、もうなんにも言わねえがよ。お葉さんもおめえのことを心配《しんぺえ》しててよ。それで、今日も、おめえを元気づけようと思ったに違《ちげ》ェねえんだ……」

龍之介の顔から色が失《う》せた。

「では、親分は女将から何か聞かれたのですね？」

「いや、詳しいことは何も聞いちゃいねえ。おめえの義理のおっかさんがもうあまり永くねえということを聞いただけだからよ」

「そうですか……。お恥ずかしい限りです。育ててくれた義母の葬儀にも駆けつけることが出来ないのですから……」

龍之介が忸怩《じくじ》としたように呟く。

「なに、誰しも、他人《ひと》に言えねえ心の疵《きず》を抱えているもんでさ。鷹匠支配の家に生まれたおめえさんが、武家の身分を捨て、深川くんだりに身を潜《ひそ》め、俺たち市井の者と一緒に食わず貧楽《ひんらく》と暮らしてるんだ……。何か事情があることとくれェ、誰だって気づいてらァ！　だがよ、何があったかと根から葉から訊ねるのは、俺の性分《しょうぶん》じゃねえんでよ。だから、これまで何も訊かなかった……。けど、おめえのほうから相談に乗ってくれ、力を貸してくれと頼めば、また別だ。おっ、いつでも力になるからよ、なんでも言ってくれや！　まっ、四の五の言ってみてもしょうがねえ……。戸田さまよ、肩の力を抜くこった！」

友七があっけらかんとした口調で言う。

「有難うございます」

龍之介の胸がカッと熱くなった。

夏希が死んだ……。

これで、永かった夏希との確執に終止符が打たれ、ひとまず幕が下りたのである。

だが、哲之助と琴乃は……。

心の支えだった夏希を失った哲之助には、もうどこにも逃げ帰る場所がないのである。

「哲之助は弱い男でな。内田家に入ってからも苦労しているようで、それが、この世を去るに当たって、唯一の気懸かりでな……」

夏希の言葉が甦る。

そして、救いを求めるように見た、琴乃の哀しげな目……。

いや、幕が下りたのではない。

今また、新たな幕が上がったのである。

義母上、申し訳ありません。わたしにはもう、あなたの遺言はなんら効力がありません……。

　龍之介は胸の内で呟いた。

　俺はもう迷わない！

　今後、哲之助と琴乃の仲が甘くいってくれることを願ってやまないが、この先、琴乃が窮地に陥り救いを求めてくるようなことがあるとすれば、そのときは迷わず、琴乃を救おうぞ……。

　そう思うと、全身がカッと熱くなった。

　次第に雨脚《あまあし》が激しくなってくる。

「くそっ！　本降りになりやがった……」

　友七がチッと舌を打ち、急ごうぜ、と目で促す。

　二人は小走りに御船橋を渡った。

　すると、仄暗《ほのぐら》い靄《もや》の中、八幡橋のほうからちらちらと提灯《ちょうちん》の灯が揺れながら近づいて来るのが見えた。

「おっ、ありゃ、日々堂の女将じゃねえか？」

　友七が大声を上げる。

　カタカタと足駄《あしだ》が鳴り、靄の中にお葉の姿が現れた。

お葉が蛇の目《じゃめ》（傘）を差し、小脇に予備傘を抱えて、ちょんと提灯を掲げてみせる。

「ああ、間に合った！　そろそろ帰る頃かと思ってね。正蔵が霧雨だから傘は要らないと言ったけど、ほら見てごらん、本降りになっちまったじゃないか……。やっぱり、持って来てよかったよ」

お葉はそう言うと、小脇に抱えた傘を差し出した。

「気が利くじゃねえか。さすがは女将だ。助かったぜ！」

友七のだみ声が掘割に響いていく。

龍之介はお葉の渡した傘を開いた。

まだ新しい傘は油の匂いがし、開くとバリッと音を立てた。

その瞬間、龍之介の目に熱いものが衝き上げてくる。

龍之介は熱いものを呑み込むと、取り繕《つくろ》うように、わざと明るい声で言った。

「女将、済まねえ。有難うよ！」

咄嗟《とっさ》のことで、お葉はとほんとした顔をした。

「えっ、何が？　何が済まないのさ！」

「だからよ、わざわざ傘を持ってきてくれて、それで、有難いと言ったんだよ！」

「なんだえ、そんなことか……。お安いご用だよ！」

お葉の威勢のよい声が響く。

「さっ、帰ろう。こうして三人並んで、しぐれ傘といこうじゃないか！」

「おっ、しぐれ傘とな？　なかなか乙粋《おついき》なことを言うじゃねえか！」

友七が仕こなし顔に頷くと、龍之介に目まじしてみせる。

どうやら、忌まわしき想いは綺麗さっぱり時雨《しぐれ》に流し、龍之介に元気を出せと言っているようであった。

解説――人の憂いを知ることでつながり、新しく生まれてゆくもの

評論家・川本三郎《かわもとさぶろう》

このシリーズはまず何よりも「便り屋」という商売に着眼したところが面白い。深《ふか》川《がわ》の「日々堂《にちにちどう》」は江戸庶民を相手に、彼らの手紙や小荷物を届ける。現在でいえば宅配便になろうか。それに加えて「口入屋」、つまり職業紹介所でもある。

店を開いた甚三郎《じんざぶろう》は自分の店を「江戸庶民の町小使《まちこづかい》、ちりんちりんの町飛脚」(第一巻『夢おくり』)といっている。あくまでも庶民相手に徹する。そこに義侠心《ぎきょうしん》に富んだ男だった甚三郎の心意気を感じる。

「口入屋」のほうも武家相手ではない。「お店者《たなもの》や職人、人足《にんそく》しか扱わねえ」。庶民の暮しに役立ちたいという思いである。

もともと甚三郎は日本橋葭町《にほんばしよしちょう》(現在の人形町《にんぎょうちょう》あたり)の「山源《やまげん》」という大きな飛脚屋で働いていた。こちらは武家相手の店だった。そこから独立して大川《おおかわ》(隅田《すみだ》川《がわ》)を渡った深川、いまの門前仲町《もんぜんなかちょう》の近くに店を開いた。

大川の西と東。いうまでもなく西側、日本橋のほうが江戸城の城下町、本来の下町

である。それに対して、東側、深川のほうはいわゆる「川向う」。職人や小商人《こあきんど》が多く住む庶民の町。「山源」の主人が甚三郎の独立を渋々認めた時、「大川より東に見世《みせ》を構えるのなら」と条件を付けたのは、そのためだった。「川向う」に店を出すのなら自分の競争相手にならない。

「山源」としては深川へ追いやったつもりだったが、甚三郎にとってはそれこそ望むところだった。深川の庶民相手にこそ商売をしたかったのだから。

幸い深川は門前町だし木場《きば》もある。遊里もある。「川向う」とはいえ、にぎやかなところだったので店は繁昌《はんじよう》してゆく。そのために「日々堂」はしばしば「山源」に目をつけられることになる。

現在の「日々堂」を切り回しているのはお葉《よう》。もと辰巳《たつみ》芸者だったが、妻を亡くした甚三郎の後添えとなった。しかし幸せな日々は長く続かず甚三郎は急死。その遺児と共にお葉が店を預かることになった。女だてらに何人もの男衆《おとこし》を使う主人になった。江戸庶民のために役立ちたいという甚三郎の思いを受け継ぎながら。気っぷの見せどころである。

このシリーズはお葉の心意気を核にした下町人情ものだが、もともと辰巳芸者は

「お俠《きゃん》」「勇み肌」で知られる。威勢のいい木場の職人たちを相手にしているからだろう。芸は売っても色は売らない。芸者として一本、筋が通っている。弱きを助け、強きを挫《くじ》くという男気を持っている。第一作「誇り」（『夢おくり』所収）でお葉が「日々堂」の乗取りをおためごかしで企《くわだ》てる「山源」の主人にみごとな啖呵《たんか》を切ってみせるのは辰巳芸者の真骨頂。

「おかっしゃい」「てんごう」「万八《まんぱち》」「おかたじけ」など聞き慣れない言葉は深川言葉か。あるいは芸者言葉か。よく使われる「蕗味噌《ふきみそ》を嘗《な》めたような顔」も面白い言葉だ。頬《ほお》を赤く染めるのを「頬に紅葉《もみじ》を散らした」もきれいでいい。

お葉はもともとは御船蔵前《おふなぐらまえ》（隅田川の西）の太物《ふともの》商の娘。大店《おおだな》のお嬢さん。ところが十歳の時に、母親が上方《かみがた》から来た怪し気な陰陽師《おんみようじ》と駆け落ちしてしまった。しかも店の金を持ち逃げされた。父は商売に失敗し、首をくくってしまった。

そのあとお葉は深川蛤《はまぐりちよう》町の友七《ともしち》親分の世話で辰巳芸者の世界に入った。お嬢さんから芸者へ。現在、二十六、七になるお葉だが、人生の辛酸を舐《な》めてきたに違いない。修羅場をくぐってきたに違いない。

その苦難がお葉を鍛《きた》えた。

困っている人間を見ると放ってはおけない。なんとか助けようとする。「優しさ」はその字が示すように「人の憂いを知る」ことだ。

自分が苦労人だけにお葉は人の憂いに敏感で、弱い立場にいる人間に手を差しのべようとする。優しい。幸い、お葉の気っぷの良さで「山源」の妨害はあっても「日々堂」の商売はうまくいっている。儲《もう》けた金は世の中に返さなければならない。このあたり、お葉は現代にも通じる良き企業人である。

お葉はとくに苦労している子供を見ると黙ってはいられない。母親が品川宿《しながわ》の飯盛女（女郎）に売られ、折檻《せっかん》された末に自害してしまったことを知らない小さな娘、おてるのことに心を痛める。なんとかおてるに母親の死を教えまいとする（「あ・い・た・い」）。

裏長屋に住む、みすずという小さな娘のけなげな姿を描いた「なごり月」も泣かせる。みすずの母親は長く病いに臥《ふ》せっていた。このままでは幼いみすずに迷惑がかかる。それを苦にして自害した。みすずは母の死に呆然《ぼうぜん》とする。

お葉はおてるのことも、みすずのことも親身になって心配する。商売がうまくいっていて余裕がある自分が彼女たちを助けないで誰が助けるのか。

庶民が暮す深川では隣《とな》り近所が助け合わなくては生きてゆけない。余裕のある者は進んで弱い者を助ける。助け合いが当り前のことになっている。

おてるは第二巻『泣きぼくろ』の「冬草」から登場する。おてるが住む裏長屋が悪性の流行風邪《はやりかぜ》に襲われ、長屋一帯が隔離《かくり》されることになった。それを知ったお葉はすぐにその長屋に食べるものや薬を運んだ。下町共同体である。

人助けといった仰々《ぎょうぎょう》しいものではない。弱い人間のそばに寄り添う。そのことが自分の幸せにもなる。「なごり月」のなかでお葉は店で働くおはまにこんなことをいっている。

「(略)あたしゃ、むしろ、嬉《うれ》しいんだよ！　こうして、日々堂は皆の優しい気持で支えられてるんだと思うとね！」

今井絵美子《いまいえみこ》の子供たちの描き方のうまさには定評がある。

「あ・い・た・い」では、おはまの娘、おちょうの不用意な言葉で母の自害を知ったおてると弟の良作《りょうさく》はそのことでくじけることなく、母親の墓参りに行く。そして心配していたお葉にこんなことをいう。

「あたし、本当のことを知って良かった……。(略)あたしや良作が現在《いま》どんな暮らしをしているのか、(おっかさんに)ちゃんと報告をすることが出来たんだもの……」

本当になんとけなげな子供だろう。

「千草の花」のみすずは自害した母親のことを思って泣きながら、おはまにこんなことをいう。

「だって、決して、あたしは母親思いの出来た娘じゃなかったんだもん！　口には出さなかったけど、これまでに何度、いっそ死んでくれたらと思っただろう……。（略）あたしだって綺麗《きれい》な着物《べべ》を着てみたい、たまには美味《おい》しいものを腹一杯……」

そういって泣きじゃくるみすずを思わずおはまが抱き締めたように、読者もまた「そんなに自分を責めることはないんだよ」と、この子供を抱き締めたくなる。

家族は自然にそこにあるものではない。このシリーズでは家族は作られてゆく。あるというより家族になる。お葉は甚三郎の死後、先妻との子供、清太郎《せいたろう》を育てることになる。友七親分は不幸な娘、お美濃《みの》を引取り、実の子供のように可愛《かわい》がる。おてるもお葉の世話で、子供を水の事故で亡くした大店にもらわれてゆく。

本書の「千草の花」では、みすずが、元芸者の文哉《ふみや》が開いた小料理で働くようになる。生き返ったように元気を取戻してゆく。

家族はもとからそこにあるものだけではない。はじめは他人だった者たちが人の憂いを知ることでつながり、新しく生まれてゆく。今井絵美子のこの考え方は、あの東日本大震災の悲劇を思うとき、いっそう強く読者の心に迫ってくる。

なごり月

一〇〇字書評

切り取り線

購買動機（新聞、雑誌名を記入するか、あるいは○をつけてください）

□（　　　　　　　　　　　　）の広告を見て	
□（　　　　　　　　　　　　）の書評を見て	
□ 知人のすすめで	□ タイトルに惹かれて
□ カバーが良かったから	□ 内容が面白そうだから
□ 好きな作家だから	□ 好きな分野の本だから

・最近、最も感銘を受けた作品名をお書き下さい

・あなたのお好きな作家名をお書き下さい

・その他、ご要望がありましたらお書き下さい

住所	〒				
氏名		職業		年齢	
Eメール	※携帯には配信できません		新刊情報等のメール配信を 希望する・しない		

この本の感想を、編集部までお寄せいただけたらありがたく存じます。今後の企画の参考にさせていただきます。Eメールでも結構です。

いただいた「一〇〇字書評」は、新聞・雑誌等に紹介させていただくことがあります。その場合はお礼として特製図書カードを差し上げます。

前ページの原稿用紙に書評をお書きの上、切り取り、左記までお送り下さい。宛先の住所は不要です。

なお、ご記入いただいたお名前、ご住所等は、書評紹介の事前了解、謝礼のお届けのためだけに利用し、そのほかの目的のために利用することはありません。

〒一〇一-八七〇一
祥伝社文庫編集長　坂口芳和
電話　〇三（三二六五）二〇八〇

祥伝社ホームページの「ブックレビュー」からも、書き込めます。
http://www.shodensha.co.jp/bookreview/

祥伝社文庫

なごり月《づき》 便《たよ》り屋《や》お葉日月抄《ようじつげつしょう》

平成23年12月20日　初版第1刷発行

著　者　今井絵美子《いまいえみこ》
発行者　竹内和芳
発行所　祥伝社《しょうでんしゃ》
東京都千代田区神田神保町3-3
〒101-8701
電話　03（3265）2081（販売部）
電話　03（3265）2080（編集部）
電話　03（3265）3622（業務部）
http://www.shodensha.co.jp/

印刷所　萩原印刷
製本所　積信堂
カバーフォーマットデザイン　中原達治

Printed in Japan ©2011, Emiko Imai ISBN978-4-396-33729-2 C0193

祥伝社文庫の好評既刊

藤原緋沙子　夕立《ゆだ》ち　橋廻り同心・平七郎控④

人生模様が交差する江戸の橋を預かる、北町奉行所橋廻り同心・平七郎の人情裁き。好評シリーズ第四弾。

藤原緋沙子　冬萌え　橋廻り同心・平七郎控⑤

泥棒捕縛に手柄の娘の秘密。高利貸しの優しい顔――橋の上での人生の悲喜こもごも。人気シリーズ第五弾。

藤原緋沙子　夢の浮き橋　橋廻り同心・平七郎控⑥

永代橋の崩落で両親を失い、深い傷を負ったお幸を癒《いや》した与七《よしち》に盗賊の疑いが――橋廻り同心第六弾！

藤原緋沙子　蚊遣《かや》り火　橋廻り同心・平七郎控⑦

江戸の夏の風物詩――蚊遣り火を焚く女の姿を見つめる若い男…橋廻り同心平七郎の人情裁きやいかに。

藤原緋沙子　梅灯り　橋廻り同心・平七郎控⑧

生き別れた母を探し求める少年僧に危機が！　平七郎の人情裁きや、いかに！

藤原緋沙子　麦湯の女　橋廻り同心・平七郎控⑨

奉行所が追う浪人は、その娘と接触するはずだった。自らを犠牲にしてまで浪人を救う娘に平七郎は…。

祥伝社文庫・黄金文庫　今月の新刊